人生の織

齢九十の想い出の記

髙橋利造 TAKAHASHI Toshizo
日下敬子 KUSAKA Keiko

文芸社

これは昭和と平成を生きた父の自分史です
二人でコツコツと書き進めてきましたが
平成三十年十月、完成を待たずして
父は九十二年の人生に終わりを告げ
静かにこの世を去りました
今は亡き父に捧げます

日下　敬子

はじめに

私、髙橋利造《としぞう》は、大正十五年八月十四日、現在の東京都八王子市、当時の東京府南多摩郡小宮村で、八人きょうだいの四男として生まれました。

長男と次男は太平洋戦争にて戦死、他のきょうだいもすでに他界し、現在の髙橋家は私と妹の正子を残すのみとなってしまいました。

激動の昭和・平成を生きた私も齢《よわい》九十を過ぎ、過去の記憶がだんだんと薄れてくるようになりました。自分史を記すことで両親や若くして祖国の花と散った二人の兄、妻の生きた証《あかし》を残せるならば、まだ記憶のあるうちに何としても書き記しておきたい、との想いからこのたび娘と共に筆を執った次第です。

目次

※　当時の物価をはじめとした細かな事柄について、著者の記憶違いの箇所もあるかと思いますが、あらかじめご了承いただけますよう、お願い申し上げます。

第一章　両親・戦死した二人の兄

父（覚次《かくじ》）のこと

父は明治二十一年九月九日生まれ、男三人、女二人の、五人きょうだいの次男でした。父によりますと、明治初期、父の父親である新太郎さんは藍染《あいぞめ》の技術を習得しており、その指導を乞われて八王子の長沼から家族とともに甲府へ移転したとのことです。当時は鉄道などの交通手段はなく、移転する際は荷車だったそうです。

父は末の妹のしほさんを可愛がっていたようで、酒が入った時などは、その移転の際の荷車に乗っていたしほさんがとても可愛かったと申しておりました。

甲府で指導を終えると横浜へ移転しました。新太郎さんは銭湯で、

「絡まった絹の糸はほどけないので捨ててしまう」

と人が話しているのを聞き、その糸を自分の技術で再生することができるのではないかと考え、試行錯誤の末に撚糸《ねんし》の技術を実現しました。そのおかげで　時は工場を持ち従業員を雇うほどの財を成すことができました。父の妹のちよさんとしほさんは三味線やお琴なども習うほどのお嬢さん育ちでした。

その後、織物の街である故郷の八王子へ戻り、父は長男の信一さんと織物業の仕事を始

めました。信一さんはマニラ麻の繊維に絹糸を絡ませて製品を作りやすい糸にする仕事をしていました。父は染物をしていたようです。

八王子への移転を機に新太郎さんは隠居しました。隠居生活は元来が大酒飲みゆえ、薦《こも》被《かぶ》りの樽から酒を注ぎ豪快に茶碗酒で飲んでいたと聞いています。そんな祖父に是非とも会ってみたかったです。

新太郎さんの妻である祖母のフサさんも、私が幼い頃にはすでに亡くなっていました。母から聞いたところによると、とてもおとなしい人だったそうです。実家は旗本の出で、フサさんはよく三味線を弾き、いつも歯をお歯黒に染めていたそうです。

父は信一さんのもとで働いていた母と知り合って結婚し、六男二女をもうけました。父はとにかく几帳面で人間が固く、真面目で正直な人でした。なかなかの色男でおしゃれな人でもありました。母には「後からついて来い」と言っていたようで、母は父の後を歩いている印象が強いです。

諸事情から織物業を続けられなくなると、父は八王子の田山染工という会社に就職して長く勤めました。太平洋戦争が始まると田山染工は平和産業のため解散になり、その後は豊田の富士電機に勤め、終戦を迎えた後も引き続き定年まで勤めました。

父の最期は脳梗塞でしたが、脳梗塞を発症する数か月前から認知症の症状もありました。具合が悪くなってから半年ほど自宅で寝込んで養生した末に旅立ちました。昭和三十三年十月二十五日、七十歳でした。

母（タミ）のこと

母は明治二十六年九月一日生まれ、男三人、女四人の、七人きょうだいの長女でした。母の生家は高尾の隣の小仏《こぼとけ》の新井という村落です。新井はその昔は甲州や信州からの旅人が「小仏まで来れば江戸まであと一息」と身体を休める甲州街道の宿場町でした。中央線の開通とともに大垂水《おおたるみ》側に新しい甲州街道ができ、小仏側は旧甲州街道となって寂《さび》れてしまいましたが、母が幼い頃は賑やかに人々が行き交う活気あふれる宿場町でした。

母の生家は旅籠《はたご》ではありませんでしたが、中央線の開通に伴う工事が行われている際には土方を宿泊させることもあったようです。まだ幼かった母は土方たちに可愛がられ、朝起きると枕元におまんじゅうやら何やらが置かれていたと当時を懐かしんでよく話してくれました。

母の母親であるカメさんは男の兄弟がいなかったため、川村という村落から忠蔵さんを婿養子として迎えました。その長女として母が生まれました。

当時は燃料としての薪《まき》を販売して生計を立てていましたが、父親の忠蔵さんは博打《ばくち》が好きで勝負に山を賭けてしまうこともあったようです。そんなわけで次第に田地田畑を手放さなければならなくなり、逃げるように一家揃って八王子へ移ってきたそうです。

母とカメさんは、商売で財を成した忠蔵さんの親戚へ何度も無心に行ったことがあるそうです。母は先方の番頭さんに「八王子のお嬢さん」と挨拶をされるのがとても恥ずかしかった、と当時を振り返っていました。

忠蔵さんは博打で家族に迷惑をかけましたが、一方では大変人望のある人だったようで、餅をついていて具合が悪くなり大正十年に亡くなりましたが、葬儀は「八王子の人力車がなくなった」と言われるほど盛大だったそうです。

カメさんは長寿だったので、「お祖母《ばあ》さん」としての在りし日の姿が数々私の記憶に残っています。

母は煙草《たばこ》が大好きでした。現在の紙巻煙草ではなく、煙管《きせる》に刻み煙草を詰めて粋《いき》に吸うのが好きでした。母がまだ十七歳の頃、隠れて吸っているところを父親の忠蔵さんに見つかってしまったことがあるそうです。すると忠蔵さんは、

「タミよ、隠れて吸ったりしないで自由に吸っていいんだよ」

と言ってくれたそうです。母は生前その話を孫にもよく語って聞かせていました。

私は母が怒ったのを見たことがありません。口喧嘩をしたことも一度もありません。母は誰からも好かれる人で、ご近所の友達もよくお茶飲みに来ていました。米寿のお祝いの

際にも多くの人から祝ってもらうことができました。赤いちゃんちゃんこを着て嬉《うれ》しそうに微笑《ほほえ》んでいる母の姿が印象に残っています。

母は父に先立たれてからの三十年余り、私の家族と共に暮らしました。母の晩年は妻のクラ子がそれはよく尽くしてくれました。子供たちにも「おばあちゃん、おばあちゃん」と優しく接してもらい、二人の息子を戦争で亡くすという大きな悲しみもありましたが、幸せに終焉《しゅうえん》の時を迎えたのではないかと思っています。

入院や手術をするような大きな病気もせず枯れるように静かに、昭和六十二年三月二十三日、老衰で永遠の眠りにつきました、九十三歳でした。

長男（定治郎《さだじろう》→嘉孝《よしたか》）のこと

長兄は名前を一回変えています。変えた理由は父が生命判断をしたら良くなかったためです。父はそれほど長男を大切に思っていたのだと思います。長兄も長男としての責任を強く感じていたようでした。

父と母は息子を呼ぶ時、名前の一文字の後に公を付けて「○公」と呼びました。家族間で兄が弟を呼ぶ時も同様で、私は両親と兄たちから「利公《としこう》」と呼ばれていました。弟が兄を呼ぶ時は通称で、私は長兄のことを「よっちゃん」と呼んでいました。

長兄は気が短いところもありましたが、温厚で優しい弟、妹思いの兄でした。次兄と比べると友人は少なかったように感じましたが、その分私はたくさん遊んでもらうことができました。

浅川ではよく魚捕りをしました。長兄はとても器用で、一晩で魚捕りのサデ網を編んでしまうほどでした。ハーモニカも上手でよく吹いて聞かせてくれました。歌は軍歌の「暁に祈る」が好きで、魚捕りの帰りにはよく歌っていました。浅草の国際劇場、靖国神社、京王閣などにも連れて行ってもらい、幼かった私は胸が躍り、嬉しかったのを覚えています。

長兄は大変気遣いのできる人で、出かけた時はいつも土産を買って帰って来ました。母は長兄が帰って来るのを楽しみにしていて、「親孝行だ」とも申しておりました。

長兄は昭和十二年に勃発した日中戦争に召集され出征しました。戦地でチフスに罹《かか》り九死に一生を得ましたが無事に復員し、捺染《なっせん》加工の仕事に就いて腕のいい仕事をしました。

太平洋戦争が始まると、再び戦地へ赴くことを避けたかった長兄は、香港総督府に軍属として志願し採用されました。しかし任地へ向かう途中、台湾海峡の泉州沖でアメリカの魚雷に撃沈され、無念の戦死を遂げました。昭和十八年七月二日のことです。

長兄が沈んだ海を一度訪れてみたいと思っていましたが、私のその想いは息子が遂げてくれました。平成十年六月、会社の船上研修でのことです。息子は研修主催者へ長兄が戦死した場所で献花したい旨をあらかじめ伝えておきました。主催者より連絡を受けた船長は快諾してくれ、研修当日、泉州沖に差し掛かると船を止め、

「この辺りで亡くなりました」

と緯度と経度を示し、汽笛を鳴らして弔意を表してくれたそうです。甘いものが好きだった長兄にクラ子が用意した羊羹《ようかん》と研修主催者が用意して下さった花束を息子は海に投げ入れ、合掌黙とうしてくれたそうです。

一部始終を帰国した息子から聞いて、私は長兄の供養になったと安堵するとともに、船長をはじめ研修主催者に感謝の気持ちでいっぱいになりました。

次男（治寿《はるとし》）のこと

長兄と三歳違いの次兄はさっぱりした性格で、くよくよしない人でした。物静かで頭のいい成績優秀な兄でした。

尋常小学校を卒業後、成績はすべて甲という優秀さから、教師が家を訪れ高等小学校への入学を勧めました。両親は子供が多く経済的には大変だったのですが、その分期待も大

きく入学させることとなりました。家庭が裕福であれば、次兄は中学校を経てその上の学校へも進んだことと思います。

卒業後は横浜の貿易商で住み込みで働いていました。そのためとてもハイカラで、当時はまだ一般家庭の庶民には珍しかったコーヒーや紅茶を飲んだり、食パンにジャムをつけて食べたりしていました。

その後、かねてより憧れていた船乗りに転職して大連まで行ったこともありました。その時の先輩から、

「このような荒っぽいヤクザ商売は君にはもったいない、もっと真剣に将来を考えろ」

と諭され、非常に難関だった三菱重工に合格して就職すると、母の妹の早稲田のアイさんの家に住み込んで通っていました。

ところがアイさんは飲食店を経営しており、店は深夜まで営業しているためよく眠れず、体調不良になって退職することになりました。その後実家に戻って、新設された日野ディーゼルに転職しました。

私は次兄のことを「はーちゃん」と呼んでいました。次兄は貿易商で働いていた際、お正月の帰省時にはいつもたくさんの本を買ってきてくれるので、私たちきょうだいは次兄の帰省を楽しみにしていました。次兄は絵がすばらしく上手で音楽も好きでした。ノートに歌の歌詞を書き、その横に挿絵を描いて楽しんでいました。友人が多く人気者の次兄で

した。

次兄は背が高く、体格もがっしりと大きい人でした。日野ディーゼルで働いていた時に受けた徴兵検査が甲種合格となり、現役兵として昭和十五年から三年間、満州の関東軍で訓練を受けました。そして太平洋戦争で唯一の地上戦となった沖縄に出征し、終戦間際の昭和二十年五月三十日、帰らぬ人となりました。

私は戦後アメリカから沖縄が返還されてまもなく、遺族会の東京代表として沖縄の地を訪れました。戦死公報には次兄が亡くなったのは山城《やまぐすく》と記載されていたので、是非その地を訪ねたいと考えていましたが、山城という地名は沖縄には数多くあることを知り、それは叶いませんでした。

ひめゆりの塔を訪れましたが、当時はまだ戦争のあとが生々しく、洞穴があるだけの状態でした。幸いひめゆりの塔のある場所の付近も山城という地名と聞き、翌朝一人で出かけてお線香を手向け、合掌黙とうをしました。

沖縄戦で戦死した次兄は、太平洋戦争・沖縄戦終結五十周年を記念して建設された記念碑「平和の礎《いしじ》」にその名前が刻まれています。私はもう見に行くことは叶いませんが、娘の嫁ぎ先のお父上が「平和の礎」が建設された直後に旅行で訪れ、礎に刻まれた次兄の名前を写真撮影してきて下さいました。ありがたく感謝して仏壇に収めました。

さらに娘が平成二十年夏、沖縄への家族旅行の際に「平和の礎」を訪れ、生花とお線香を供え合掌黙とうしてきてくれました。

その時ビデオ撮影してくれた摩文仁《まぶに》の丘、青い海と空、そして石碑に刻まれた次兄の名前を見て、私は胸に熱い想いがこみ上げるのを禁じ得ませんでした。

第二章　誕生～昭和十九年

八王子

大正十五年、私が生まれて間もなく大正天皇が崩御され、元号は昭和へと変わりました。八王子は古くは後北条氏や徳川氏から軍事拠点として位置づけられ、江戸時代には甲州口防備の目的で徳川幕府が千人同心を設置したことで有名です。戦国時代には城下町、江戸時代には宿場町として栄えました。

江戸時代から戦前までは桑の生産と養蚕、製糸、絹織物業の街として発展しました。「桑の都」及び「桑都」という美称で親しまれ、西行法師が巡錫《じゅんしゃく》の際に詠んだとされる、

浅川を渡れば富士の影清く、桑の都に青嵐吹く

という歌も残っています。

明治維新以降は群馬や長野からも荷が集まり、横浜港から輸出する中継地点の役目を果たし、日本のシルクロード、絹の道として世界へも通じていました。

登山客で賑わう高尾山や大正天皇、昭和天皇が眠る武蔵陵墓地（多摩御陵）もあり、追

分町の交差点からＪＲ高尾駅前交差点までの約四キロメートルのいちょう並木は、日本三大並木の一つです。

小宮村から昭和七年頃に元横山町に転居しました。八王子駅から北へ徒歩で二十分ほどのところで、家から北に百メートルも行くと陣馬山を水源とする浅川が流れ、浅川の向こうには八王子市内を一望できる安土山《やすど》がありました。東には田町遊郭がありました。

遊郭

田町遊郭は八王子空襲から逃れたことも幸いして、現在では都内で唯一の戦前の妓楼の面影をほんの少し残す地域となっています。田町遊郭ができたいきさつは次のようなものです。

八王子は甲州街道に沿って、何町にも連なる大きな宿場町で「八王子十五宿」と呼ばれていましたが、明治二十六年に大横町の新万楼から出火した大火があり、さらに明治三十年にも八王子市内の大半を焼く八王子大火があって、宿場町としての八王子は灰になってしまいました。

八王子大火は昭和二十年八月の八王子空襲を除いて八王子最大の惨状を呈したと言われ

るほどの大火で、通信機関が中絶されたために伝書鳩を使って東京へ大火を知らせ、新聞各紙がその未曾有の大火と惨状を伝えたことでよく知られています。明治天皇より四千円の見舞金も下賜《かし》されたそうです。

この時、灰になった甲州街道沿いに散在していた飯盛旅籠《めしもりはたご》を一か所に集めて遊郭としたのが田町遊郭の始まりです。移転した頃は田んぼ以外には何もない場所だったために田町という名前になったと聞いています。遊郭は昭和三十三年に売春防止法が施行されるまで続きました。

私が幼い頃は、妓楼は十数軒あったように記憶しています。遊郭の入り口は東側で、鉄でできた大門《おおもん》がありました。お女郎さんたちが逃げ出さないようにするための門でもありました。いかにも頑丈そうな造りでよく覚えていますが、取り壊されたのがいつだったかは記憶にありません。

遊郭を東西に走る約百五十メートルの大門通りの中央には井戸があり、桜や柳の木が植えられ、春には満開の桜が見事で、私は夜桜がとても好きでした。

当時は公娼制度というものがあり、遊郭で働く女性たちを蔑むことはなく「お女郎さん」と呼んでいました。近所の駄菓子屋に買い物に来るお女郎さんを子供心に綺麗だなぁと思ったこともありました。

夕方になると「牛太郎《ぎゅうたろう》」と呼ばれる客引きが通りへ出て客集めをしていました。冬の寒い日などは懐や腰にあんかを入れて温まりながら声を上げていました。私は遊郭へ向かう客によく道を聞かれました。

戦時中は徴兵検査が終わった若者が、出征したら生きて帰って来られるか分からない、人生の裏表を知っておこう、と遊郭へ遊びに来ていたと聞いています。

遊郭の西に「東京府警視庁病院」という大きな看板を掲げた病院がありました。私はまだ子供だったので、その病院は警官が泥棒を捕まえる際のケガの治療をする病院だと思っていましたが、そこはお女郎さんたちが一週間に一度定期検診のために訪れる病院でした。

夏祭りの際には各町会の山車《だし》が遊郭に集まり、盛大に行列して賑やかだったことを今でも鮮明に覚えています。山車の高所でお囃子《はやし》をしている男たちに向かって、お女郎さんが妓楼の二階や三階の窓からご祝儀を渡している姿は、まさしくお祭りの粋《いき》な風物詩でした。

浅川と安土《やすど》山

家から北へ百メートルばかり行くと浅川でした。浅川は私にとって生涯忘れることのできない母なる川です。

小学校時代は友達と浅川で魚捕りをすることがとにかく楽しくて、勉強はあまりしませんでしたが、その頃遊んだ友達は竹馬の友となりました。

当時はアユ、ハヤ、フナ、ウナギ、ナマズ、本ドジョウが手掴《てづか》みで捕れるほど泳いでいました。

学校が終わると隣の席の森山君と毎日のように面と銛《もり》を持って浅川へ行きました。浅川と川口川が合流する地点にあった橋を「どんどん橋」と呼んでおり、そのどんどん橋から上流に向かって魚捕りをしました。当時のワクワクした気持ちを今でも覚えています。

田んぼへ水を引くために浅川からたくさんの小川も流れていましたが、台風の時などは何回も土手が決壊しそうになりました。すると近所の男たちが総出で街中の大木を切り、土手へ運んで決壊しそうな場所へ埋め込みました。子供の目にはお祭りのような賑やかさでしたが、大人たちが職業の差別もなく一丸となって作業をし、難を免れ喜び合っている姿はとても印象強く私の脳裏に焼き付きました。私にとって浅川はとにかく感慨深い思い出の川なのです。

浅川の向こうには安土山という小高い丘がありました。春には山つつじ、夏には虫捕り、秋には栗拾いやキノコ狩り、兄に連れられて出かけた思い出がたくさんあります。山紫水明という言葉がありますが、まさにその頃の安土山は春は若葉、秋は紅葉で、その美しい景色はまだ幼かった私の心にも深く染み渡りました。

少年時代

私は昭和八年に第一尋常小学校に入学しました。入学式は沖縄で戦死した次兄が付き添ってくれました。クラス替えはなく、一年から六年まで佐藤先生という三十代後半の男性の先生でした。

佐藤先生はよく授業の一環で安土山《やすど》へ生徒を連れて行き散策しました。その際先生はいつも昼寝をしていたので、幸い私たちはたくさん山遊びをすることができました。のどかな日々でした。

三年生の時、母が学校へ来たことがありました。母が学校へ来たのは後にも先にもこの一回だけです。それは五十銭銀貨が見当たらなくなったために、間違って私の月謝袋に入れて持たせてしまったのではないか、と妹の正子をおぶって確認に来たのでした。

当時の五十銭銀貨は我が家にとって大金でした。私が知らないと言うと母は帰って行きましたが、その後見つかったかどうか記憶にはありません。

この頃から私は『のらくろ連隊長』や『冒険ダン吉』などのまんがが本に始まり、『彦一とんち話』など読書に親しむようになりました。高学年になると吉川英治の『太閤記』、島崎藤村の『破戒』、田山花袋の『田舎教師』などを夢中で読みました。小説を読んでいると自分の知らない世界に入って行くことができ、感動したり主人公を自分に置き換えて想像を膨らませたり、とても楽しかったのです。しかしながら洋物はカタカナ綴りが多くて、何回読んでもルパンやジャンヌ・ダルクなどの名前を覚えるのに苦労しました。

本ばかり読んでいるのでよく父に叱られましたが、やめることはなくさらに高じていきました。

少し先の話になりますが、私は働いた給料で伊藤痴遊の『大西郷終焉史記』という、史実に基づいて西南戦争を書き下ろした本を購入しました。自らの給料で買った思い入れもありますが、この本はその詳細な内容や描写が胸に迫ってくる感動を味わえる本で私の宝物でした。

ところが弟が職場の友人に貸したところ、その家族に結核で亡くなった人が出たために、伝染を避ける配慮から連絡もないままに燃やされてしまいました。二度と私の手元に戻ってくることのなくなったあの本をもう一度読みたかった、自分の手元に置いておきたかった、と残念でなりませんが、これも読書にまつわる思い出の一つです。

長兄の出征

世の中は昭和七年に五・一五事件、昭和十一年に二・二六事件が起こり、次第に政情不安になっていきました。昭和十二年七月に日中戦争が勃発すると佐藤先生は、

「中国の兵隊が盧溝橋《ろこうきょう》で演習をしていた日本の兵隊さんに銃を撃ってきて日中戦争が始まりました」

と授業中に話してくれましたが、まだ子供だった私には事の重大さはよく理解できませんでした。どちらが先に撃ったのか真偽のほどは分かりませんが、北支から中支まで戦火が拡大して長い戦いの始まりとなりました。

戦禍の波はすぐさま我が家にもやって来ました。開戦直後に二十歳の長兄に召集令状が来たのです。長兄は陸軍に所属して北支へ出征することになりました。

出征の日は町会をあげての「兵隊送りの会」という壮行会が催されました。「祝、髙橋定治郎君」と書かれた幟《のぼり》が何本も玄関の前に立てられ、するめや赤飯が来てくれた人たちにふるまわれました。当時はまだ井戸を共有していた時代なのでご近所さんは親戚同然で、皆さん長兄の無事な出征を願い祝ってくれました。

兵隊送りの会が終わると揃って八王子駅に向かい、列車に乗り込んだ長兄を小旗を振って送り出しました。この時の情景は強く印象に残っているのですが、長兄や両親がどのような様子だったかは記憶にありません。

翌昭和十三年、激戦の末、日本陸軍は中国の要衝大場鎮《だいじょうちん》を攻略しましたが、一万数千人の戦死者を出しました。私たち家族はそれを新聞で読みました。両親は北支へ出征している長兄のことを大変心配していました。

夏のある日、軍から長兄が悪性チフスに罹《かか》ったことを知らせる「髙橋定治郎、病重し」という電報が届きました。浅川に泳ぎに行っていた私に友人が、

「おばさんが声を上げて泣いている」

と教えてくれました。すぐさま家に戻って事態を知りましたが、この時私は、あんなに嘆き悲しんでいる母を初めて見ました。その頃の電報は死を暗示するものだったので無理もありません。

兄のその状況は新聞の多摩版でも報じられ、愛国婦人会はじめ在郷軍人会等の人たちがお見舞いに来てくれました。

多くの人に心配していただきましたが、幸い長兄は母の真夜中の百社参りの甲斐あって奇跡的に回復に向かいました。ありがたいことに、現地で長兄を看護してくれた従軍看護婦さんが手紙で知らせてくれました。家族はその手紙を読んで胸をなでおろしました。

しかし、これが我が家に起こった戦争の最初の悲劇でした。

修学旅行

この年は私自身にも忘れられない悲しい出来事がありました。秋には私の小学六年の修学旅行が予定されていました。修学旅行は伊勢への二泊三日の旅行で、二年間そのための積み立てもしていました。

ところがある晩、母が父に私の修学旅行の費用の工面をどうしようかと相談しているのを寝ながら聞いてしまいました。我が家の働き手の一人だった長兄が出征し、私を筆頭に五人の子供を養わなければならない家計は大変苦しい状況になっていました。当時の政府からはわずかばかりの扶助料があるだけで、父は田山染工で働き、母はさまざまな内職をして家計をやりくりしていました。

私は修学旅行をとても楽しみにしていましたが、その事情を分かっているだけに、即座に修学旅行は諦めようと思いました。翌朝母に、

「修学旅行には行きたくない」

と伝えると母は黙って頷《うなず》きました。母も心中辛かったろうと思います。

修学旅行に参加できない生徒はほかにも数人いて、学校で自習をすることになっていました。けれど私は竹中君と安土山《やすど》に杉鉄砲を作りに出かけ、学校には行きませんでした。学校へ行って自習をする気にはどうしてもなれなかったのです。

先生は修学旅行に参加しなかった生徒たちに、保護者会の積立金の中から伊勢の有名な生姜糖《しょうがとう》を土産に買ってきて配りました。私ももちろんもらえるものと、その見たことも食べたこともない生姜糖が自分に配られるのを今か今かと順番を待っていましたが、同級生の一人の男子が、

「先生、髙橋君は竹中君と一緒に学校には来ませんでした」

と告げ口をすると佐藤先生は、

「先生はそういう子にはお土産をあげない」

と言い、生姜糖を持って帰ってしまいました。自習をさぼったことは事実で言い訳のしようもありませんが、当時の苦しい家庭の事情を鑑みれば、参加したくても参加できなかった生徒の胸の内を推し量った対応が教師としてあったのではないか、と思わずにはいられません。その時の寂しく悲しい気持ちは後々までも私の心の深いところに残りました。

その後成人してから佐藤先生とは同窓会で隣の席に座ることも何度かあり、私は当時のことを話したい衝動にかられ、そのたびに謝って欲しいという気持ちが込み上げましたが、同窓会の席でもあり年老いた先生に伝えることはもちろんできませんでした。

尋常高等小学校

まもなく卒業式を迎えましたが、私の家族の出席はありませんでした。卒業式の後には会費制の茶話会が行われることになっていました。私も母から会費の三銭をもらいましたが茶話会には出席せず、そのお金で餅菓子を買い、竹中君と学校の収納庫に二人で隠れてこっそり食べました。今となってはそんないたずら心も楽しかった思い出です。

そして昭和十四年春、私は二年間の尋常高等小学校に上がらせてもらいました。台町の八王子尋常高等小学校で、近所の友人たちと徒歩で毎日片道三十分ほどの距離を通いました。

尋常高等小学校では、一年は四十代の平和主義の先生で、二年は近衛師団帰りの先生でした。この先生は勉強より軍事教練ばかりを指導する先生だったため、私は最後まで親近感を持つことができませんでした。そのためこの先生と軍人が重なってしまい、軍人に対していい印象がなくなりました。

学校から帰ると幼い弟妹の子守をするのが私の日課でした。夕飯ができるまで末の弟をおぶって、川へ行ったり友人と遊んだりして世話をしていました。そんなわけできちんと座って勉強をしていた記憶はありませんが、相変わらず読書は続けていて、この時期多くの本を読みました。

長兄の復員

世の中は長引く日中戦争の影響で戦時色が濃くなり、満蒙開拓義勇軍の募集があると校長先生が生徒に勧めてきたり、軍需メーカーからは就職の勧誘が頻発してきました。

七月にアメリカが一方的に日米通商航海条約を破棄してくると、日本は経済的に追い詰められ、戦況は一向に好転しませんでした。

ちょうどその頃、北支に出征していた長兄が除隊して二年ぶりに復員しました。長兄は支那戦線で有名だった「インテリ部隊」と呼ばれる部隊に所属し北支を転戦したそうです。久しぶりに会った長兄は、まるで人が変わったように粗暴になっていました。眼光が鋭く、家族も近寄りがたい存在となりました。

長兄は物静かな優しい人だったので、そのあまりに変貌してしまった雰囲気が私には信じがたいほどの怖さとなっていました。イライラしていて次兄や三兄とささいなことから口論となり、取っ組み合いの喧嘩になったこともありました。

なぜ長兄がそのように変わってしまったのか当時の私には想像もできませんでしたが、戦場での体験はまさに地獄を見てきたに等しいものだったようです。

　のちに長兄から聞いた話によると、上官はとにかく威張っていて、長兄がたまたま離れた場所にいた上官に気づかず敬礼をしなかったというだけでわざわざ飛んできて、

「貴様、なぜ敬礼しないか」

とひどく殴ったというのです。また、中国人は殺されるのが分かると気味悪くニタニタ笑っていたとも話してくれました。日本の軍人は中国人女性に筆舌に尽くしがたいような屈辱的な行為もしていたそうです。

　穏やかに日々を過ごすうちに元の長兄に戻っていきましたが、

「戦争に行くくらいなら寝ずに働いた方がいい」

とよく母に言っていたそうです。この言葉が北支での苦しみのすべてを物語っています。

長兄は復員してからは暁橋のたもとに下宿して、市内の織物の加工屋で捺染《なっせん》加工の仕事をしていました。長兄は元来がとても器用な人で、腕のいい職人だったと聞いています。

　妹の正子が七五三の際には、菊の模様をあしらった反物を加工して贈りました。満州へ赴任している次兄に送った当時の家族写真には、正子がその反物で仕立てた着物を着て写っています。正子は今でもその時の嬉しかった気持ちを忘れていないようです。長兄は暇な時はよく家に帰って来ていました。

長兄が復員した七月に、政府は国民徴用令を発布しました。これは戦時下の軍需産業の労働力を確保するために強制的に国民を徴用できる権限を持つもので、これにより国民の経済生活の自由は完全に失われるようになりました。長兄も平和産業の加工屋から軍需産業のサクラフィルムに転職しました。

次兄の満州赴任

昭和十五年に入ると日野ディーゼルで働いていた次兄が二十歳になり、徴兵検査を受けることになりました。検査の結果次兄は甲種合格となり、現役兵として三年間の軍事教育を受けるために満州に赴任することになりました。満州は戦場ではなかったので両親は安心していたようです。

赴任する日は八王子市長が八王子駅で激励のあいさつをしてくれ、兄を含めた三人は緊張した面持ちで出発しました。家族や親戚みんなで次兄を送り出しました。

この年、日本はドイツ・イタリアと三国軍事同盟を結びましたが、アメリカはドイツの敵国のイギリスを支援していたため、三国軍事同盟を結んだことは逆にアメリカとの対立を深める原因となりました。

立川飛行機（一）

昭和十六年、尋常高等小学校の卒業を前に、私は立川飛行機の工員募集に応募しました。立川飛行機は「赤とんぼ」という名称の練習飛行機と軍の輸送機を製造していました。各軍需メーカーは競って工員を集めていた時期だったので、筆記試験はなく面接のみで入社することができました。面接の帰りには新品の衣類一式、靴や帽子に至るまでが無償で配られました。私は金の卵のような待遇の良さに驚くとともに、真新しい品々を手にして嬉しさもこみ上げました。

入社すると三か月間は青年学校で敬礼や行進に始まるさまざまな兵隊の教育を受けることが義務付けられていました。私も四月から六月まで青年学校に通い兵隊教育を受けました。

教育期間を経て配属されたのは、飛行機の板金仕上げの現場でした。この現場で働いているのは職人気質のどちらかというと気性の激しい人ばかりでした。

私は午前中現場で働き、午後は青年学校で軍事教練を受けるように指示されていました。初めての社会人、給料がもらえる、とやる気もあって頑張っていましたが、工場で働く人たちの中には、まだ仕事も覚えていない新人が仕事を途中で抜けることに苛立《いらだ》つ人もいて、私はあまりいい感情を持たれなくなり、仕事時間であるにもかかわらず煙草や飲み物を買ってくるようにと使いっぱしりのような用事を言いつけられるようになりました。また、板金仕上げの現場は、それまでに経験したことがないほどのものすごい作業音の環境でした。

まだ十五歳だった私は一緒に働く大人たちのそうした態度に嫌気がさし、作業環境も身体的に耐えられなくなって、一か月通ったところで両親にも相談せず独断で退職することを申し出てしまいました。班長は慰留するために自宅に手紙を送ってきたりしましたが、私は考えを変えず退職しました。

退職してからの日々は働き口を探すこともせずのんびり過ごしていましたが、そんな私を両親はまったく責めませんでした。心配していたとは思いますが、自分で先々のことは考えるだろうと見守っていてくれたのだと思います。自分が親になって初めてこの時の両親の寛大さに気づき、頭が下がる思いです。

長兄へ再び召集令状

　私が青年学校で兵隊教育を受けていた六月に独ソ戦が始まりました。日本は関東軍特種演習という名目でソ連満州国境に兵力を集結させるため、二十一歳以上の青年に大動員令を発布しました。ドイツ軍に呼応してシベリアからソ連に侵攻するための準備行動でした。七月に入ると、二十三歳になっていた長兄にも再び召集令状が来ました。この大動員令はソ連侵攻の準備行動のため、対戦国に知られることがないように秘密裏に行われました。そのため出征に際しての壮行会を行うことも禁止され、長兄の出征を知っていたのはほんのわずかの近しい人だけでした。

　長兄は朝からの酷い豪雨の中、出征しました。両親の様子は覚えていないのですが、私は立川飛行機を辞めた時期でもあったので、隣の大谷さんのおじさんと二人で八王子駅で長兄を見送るべく家を出ました。途中、長兄の武運長久を祈るために、おじさんと八幡八雲神社に寄ってお参りをしてから八王子駅に向かいましたが、八王子駅で長兄に会うことができず心残りをいだいたまま帰宅しました。

　ところが数日すると、長兄は痔の持病があったために出征を免れて帰って来ました。長兄は「戦争に行くくらいなら寝ずに働いた方がいい」と言うくらい戦地へ赴くのが嫌だったので、兵役を免れたことは相当に嬉しかったようで、とてもにこにこしていました。

石庫《いしくら》

そんな折、近所の瀬川君が「石庫」という屋号の織物工場を退職しました。瀬川君の親父さんは「まだ職が決まっていないなら、息子のあとにそこで住み込みで働かないか」と声をかけてくれました。私も仕事を探さなければと思っていたところだったので、お願いして瀬川君の親父さんと一緒に石庫へ面接に行きました。

石庫は家から徒歩で十五分ほど離れた大和田橋の近くの織物工場で、無双袴に仕立てる絹の反物の製造が主なものでした。市内の糸屋さんが「金策のために石庫へ行く」と言うほどの資産家でもあり、「沢渕銀行」と噂《うわさ》されていました。「沢渕」というのはその地域が以前は深い沼地だったことからついた通称です。座っていても商売ができると評判でした。

旦那さんは体格のいい立派な方で、おかみさんはとても綺麗な方でした。面接のその場で兄弟子となる一歳年上の浩さんを紹介され、私の仕事は銀行回りと織物を製造する準備と聞いて、働くことに決めました。昭和十六年八月二十八日の暑い日のことでした。

これは結果的には二百五十円の年季奉公の契約となりました。母が何度か石庫へ代金を取りに来たことを覚えています。私は月々二円五十銭の給金をもらっていました。

石庫《いしくら》での生活

その晩から住み込みで働くことになりましたが、私は生まれてこのかた、祖母の家以外には外泊をしたことがありませんでした。布団に入って目を瞑《つむ》ると寝静まった空間にコオロギの鳴き声だけが大きく響き渡り、心細くてなかなか眠ることができませんでした。

翌日は仕事をいろいろ教えてもらいました。檜原《ひのはら》村から出てきて女中をしている美代さんに、

「利《とし》どん、大変だと思うけど、うちのお嬢さんが飲む牛乳を毎朝狭間の農家まで取りに行ってね」

と頼まれました。狭間の農家は自転車で片道四十分かかります。行き方を教えてもらい、翌朝から毎日五時に起床して牛乳を取りに行くのが私の初めての仕事でした。年季奉公とはそんなもので、まずは雑用から覚えるのでした。

石庫で働いている人たちは美代さんはじめ皆さん優しく、立川飛行機とは雲泥の差、ま

さに天国と地獄ほどの違いでした。

当時の生活を振り返って、我ながら不憫《ふびん》だったと苦笑いする出来事があります。石庫に住み込みで働く私たち二十人ほどの従業員の朝食と昼食は、大横町の極楽寺の前にある「栄養食」という屋号の店から配達されていましたが、一日と十五日はこちらから取りに行くことになっていました。それも私の仕事でした。自転車で片道十五分ほどの道のりです。

ある日、一人でその二十人分の食事を自転車の荷台につけて運んでいた時のことです。運んでいたのはご飯とみそ汁で、それぞれホーロー製の蓋付きの鍋に入れられていました。自転車の荷台に板を載せ、その上に二つの鍋を紐で括って乗せるのですが、鍋の重さが違うので、バランスをとって自転車をこがなければなりません。その日は雨上がりで路面が滑りやすい状態で、私は見事に滑って転んでしまい、荷台のご飯は放り出されてしまいました。幸いみそ汁は大丈夫でした。

困った私は近くの家にしゃもじを貸してくれるようにお願いし、こぼれたご飯を拾い入れるとすまして戻り、罪悪感と緊張感でいっぱいの気持ちをひた隠して美代さんに渡すと、美代さんはまったく気づいた様子もなく、

「ご苦労さん」

と声をかけてくれました。ところが食事をしていた女工さんたちか、

「ご飯に小砂利が入っている」

と騒ぎ始めました。私は心臓が飛び出しそうなくらいドキドキしましたが、その時は何事もなく終わったのでした。

この話をすると娘や孫は大爆笑していましたが、その時の私は十五歳、年季奉公で働いている身で大変なことをしてしまった、従業員の食事はどうなるのだろう、ひどく怒られるのではないか、という気持ちでどうしていいか分からず、一か八かの所業だったのです。

そして、二度と同じことを繰り返さないようにと注意していたにもかかわらず、再び転倒事故を起こしてしまいました。今度も雨上がりで、「磯貝」という織物工場の小僧さんと双方自転車でぶつかってしまい、お互い転倒しました。ご飯には雨や泥が混じってとても前回のようにすくうことはできず、みそ汁はすべてこぼれてしまいました。米は配給制なのにどうしたらいいのかと途方に暮れました。

困り果てて「栄養食」へ行き事情を話すと、ご飯はあるけれど汁物がないと言われて呆《ぼう》然《ぜん》としていたところ、傍でその事情を聞いていた二十代前半の女性のお客さんが、

「うちは材料があって作れるから、小僧さんに私の汁物を差し上げますよ」

と譲ってくれました。地獄で仏とはこのことです。ありがたくいただいて帰ることができました。この時の助けられた気持ちが忘れられず、私はこの事件以降、人には親切にするようになりました。

徐々に仕事を覚え、畑仕事や糸返し、銀行回りなどの雑用一般の仕事もこなせるようになりました。

石庫《いしくら》の資産は相当なもので、私が銀行回りの際に通帳を見ると、当座預金で十万円もの預金がありました。戦闘機一機が五万円の時代でしたから、私は唖然《あぜん》として驚くばかりでした。

旦那さんの思い出

旦那さんとの忘れられない思い出があります。「あっちゃん」と呼んでいた三十歳くらいの監督の深井さんと一緒に畑仕事をしていた時のことです。旦那さんが大きな身体を揺らしながら真っ赤な顔でプンプン怒ってやって来て、

「人にやるくらいなら野菜なんて作ることない」

とすごい剣幕で私たちに向かって怒鳴ったのです。深井さんがお叱りを受けた理由を旦那さんに聞くと、

「お向かいの銀行員の奥さんが『とてもやわらかいおろぬき大根をたくさんいただいてありがとうございました』とお礼を言いに来た。それほどにうまいものをよそへやるくらい

なら作らなくていいということだ」

と旦那さんは腹立たしげに言いました。ところがこのおろぬき大根は石庫《いしくら》では不要になったため、深井さんと私とで土手から川へ捨てたものを、そこの息子さんが拾って持ち帰ったのでした。

事情を話すと旦那さんは何も言わずに聞いていましたが、翌日、

「利どん、今日はこれからお墓参りに行くから一緒について来い」

とお供を命じられました。二人で自転車で出かけお墓参りをした帰り道、旦那さんはやぶ蕎麦という店で天ぷら蕎麦をごちそうしてくれました。私は生まれて初めて天ぷら蕎麦を食べたのですが、たまげるほどの美味しさでした。旦那さんは昨日のことを詫びてくれたんだな、ととても嬉しく感じました。

旦那さんは石庫の従業員と関連工場の従業員を、箱根や平塚の地引網などにも連れて行ってくれました。現代の社員旅行のようなものです。芦ノ湖に行った際には、ドイツの潜水艦の水夫が、夕焼けの中で木の棒を振り回しながらチャンバラをしてふざけていたのが印象に残っています。

旦那さんは無口でしたが気さくな優しい人柄で、私は大変可愛がってもらいました。おかみさんは千葉の安孫子の糸屋の娘さんで、穏やかで怒っているのを一度も見たことがありませんでした。おかみさんも私のことを「利どん」と呼び、とてもよくしてもらいまし

た。

配給と切符制

日中戦争の長期化により海外からの物資の輸入が不足してくると、国民の日常生活に対する統制は次第に強まっていきました。

私は石庫《いしくら》に住み込みで働いていたため「栄養食」からの配給で食べることには恵まれていましたが、それでも肉や魚のたんぱく源がなくなり、かぼちゃや野菜が中心になっていきました。

昭和十五年の四月からは砂糖、マッチ、衣料品などの生活必需品が切符制になっていました。これは一人当たりの一年間に買える点数が決まっていて、衣料品でいえば、何か一品買うと品目ごとに定められた点数分の切符が切り取られ、切符を使い切ればその年はもうそれ以上衣料品は買えないという仕組みです。

昭和十六年の四月には米が配給制になり、一人一日当たり二合三勺、三百三十グラムの配給量と決められました。育ち盛りの子供も腹いっぱいのご飯を食べることなどできなくなりました。肉類はすべて軍に調達されるため、庶民には配給がまったくなくなり、一年中肉からの栄養が摂れなくなりました。魚の配給も年に一、二回程度でした。

母は浅川の土手でのびろやたんぽぽを摘んできて雑炊に入れ、子供たちが満腹感を味わえるように工夫していました。母は自らは食べずに子供たちに尽くしてくれました。

私は銀行回りで市内の商店街に出向くことも多かったのですが、商店街の店頭に並ぶ品物が変わっていくのを目の当たりにしました。

コーヒーや紅茶は砂糖が切符制になったことで業者が砂糖を買いだめしてヤミ屋に売ってしまい、砂糖の付いていないコーヒーや紅茶が並ぶようになりました。当時は砂糖を入れて飲むのが主流だったため買う人はなくなり、売れ残ったコーヒーや紅茶が店頭にたくさん並んでいました。砂糖を使った食品は店頭には並ばなくなりました。

一度だけ、太平洋戦争に突入してシンガポールを陥落した時に砂糖の増配がありました。庶民はその少しばかりの砂糖を大変喜びました。しかし戦争が長引けば長引くほど物資の不足は深刻となり、国民生活は苦しい状況になっていきました。

太平洋戦争

この頃の庶民の情報源は新聞だったのですが、新聞は軍の検閲も強まり、軍にとって不利な報道は厳禁となり、庶民が正しい情報を得ることはできなくなりました。新聞では「高度国防国家建設」「大東亜共栄圏建設」が謳い文句となっていました。ラジオも同様です。

昭和十六年四月に、日本はアメリカとの関係修復のための交渉を開始しましたが、その一方では石油やゴムなどの資源を求めてフランスの植民地だったベトナムへ軍を進め、サイゴンへ入城しました。ここはアメリカ領のフィリピン、イギリス領のシンガポール、オランダ領のインドネシアなどすべてを攻撃できる位置に当たるため、これに危機感を抱いたアメリカは日本に対して石油の輸出を全面的に禁止、中国からの日本兵の撤兵をはじめとするいくつかの条件を突き付けてきました。

しかし日本はこれを受け入れず、とうとう昭和十六年十二月八日未明に真珠湾を攻撃して太平洋戦争に突入しました。

開戦当日

私はこの日のことをよく覚えています、月曜日でした。石庫《いしくら》では住み込みで働いている私たちも日曜日は休日となっていました。早朝に監督の深井さんから、

「瀬川の正雄が昨日から出かけてまだ戻っていないから、利どん、ちょっと家へ行って見

てきてくれないか」

と指示されました。正雄というのは私を石庫へ紹介してくれた瀬川の親父さんの次男です。自転車で家に行ってみると、正雄さんだけが玄関に出て来て、

「もう嫌だ、石庫には戻りたくない」

と言うのです。どうしたものかと考えましたが私にはどうすることもできず、仕方なく一人で帰路につきました。

するとと帰る道々、朝六時だというのにあちこちの家からラジオから流れる「軍艦マーチ」「抜刀隊」「敵は幾万」などの軍歌が聞こえてきました。不思議に思いながら自転車を走らせていると、

「帝国陸海軍は本八日未明、西太平洋においてアメリカ、イギリス軍と戦闘状態に入れり」

という臨時ニュースが流れているのに気がつきました。驚いて急ぎ帰り深井さんにその旨を報告すると、深井さんはすぐラジオをつけました。同じ放送が延々と流れていました。

「どうなるかな」

と深井さんは一言つぶやきました。

アメリカとの戦争が始まったという情報だけで私も他の従業員たちも皆、未だ経験したことのない空襲をアメリカの戦闘機がすぐさま仕掛けてくるのではないかと心配して大騒ぎになりました。住み込みで働いている女工さんたちは、家へ帰れなくなるのではないか

と不安な面持ちで泣いている人もいました。私は工場の屋根に上って戦闘機がいつ来るかと何度も見に行き空を眺めました。

再び昼食時にラジオを入れると、開戦にあたっての東条英機首相の演説が放送され、その後大本営からの、

「帝国海軍は、ハワイ方面のアメリカ艦隊並びに航空兵力に対し決死の大空襲を敢行し、シンガポールその他をも大爆撃しました」

という発表の放送がありました。

夜七時のラジオニュースになると、真珠湾奇襲攻撃をはじめ各地で戦闘を開始した海軍の戦果を伝えるニュースが放送され、ようやく攻撃した場所はアメリカ太平洋艦隊の本拠地である真珠湾だったことや戦況を知ることができました。

開戦の詳しい状況が分かったことと空襲がなかったことで、石庫の生活は日常に戻りました。

玉砕

太平洋戦争が勃発してひと月ほどで昭和十七年に入りました。

アメリカという国を知っている人は産業の進んだ強い国と理解しているため、この戦争は厳しい状況だろうと分かっていましたが、それを知らない私たち多くの国民は、開戦当初のフィリピン、シンガポール、インドネシアなどの太平洋上の島々の占拠、ビルマへの侵攻など日本軍の怒涛の勢いがこの先も続くものと信じて疑わず安心していました。

ところが開戦から半年後の六月、ミッドウェー海戦で日本軍が空母の赤城、加賀、蒼龍、飛龍を失うと、この敗北を機に戦局は一変し、アメリカの猛反撃に遭うようになっていきました。

そしてこの直後、日本軍はアメリカ、ソ連の北からの侵攻を阻む目的からアリューシャン列島のアッツ島とキスカ島を占領しましたが、この地域の制海制空権もアメリカに奪われ、翌昭和十八年の五月には、日本兵二千六百人で守っていたアッツ島へ一万二千人ものアメリカ兵が上陸し、日本兵は果敢に戦うもその兵力の差には敵わず全滅してしまいました。

新聞は全面にアッツ島の全景を載せ、「玉砕」と報じました。「全滅」を「玉砕」という美名でごまかしたのです。アッツ島玉砕から日本はアメリカの反攻を防ぐことができなくなり、次々に占領した領土を玉砕させられ奪われていくことになります。

石庫《いしくら》を退職

政府は徴用令を使って、石庫のような平和産業で働く従業員を占領地の飛行場の土木工事に無条件で駆り出すようになってきていました。

石庫の事業は依然として衰えてはいませんでしたが、石庫で働いている男性従業員たちは召集令状に等しいこの徴用令を逃れるために退職するものが増え、最後まで残った男性従業員は私だけになりました。

次第に私もいつ徴用令がくるかと不安を感じるようになり、これまでの石庫への恩義は感じつつも意を決して旦那さんに、

「このままだと自分もどこへ持っていかれるか分からないから辞めさせてもらいたい」

と相談しました。この時点で年季奉公の二百五十円の清算がどうなっていたか分からないのですが、旦那さんは何も言わずに快く受け入れてくれました。私は石庫での二年間にとても感謝しています。

立川飛行機（二）

実家へ戻って石庫《いしくら》を辞めたと伝えると、両親はこの時も私を責めるようなことは一切言いませんでした。

当時の我が家は長兄は暁橋のふもとに下宿しており、次兄は満州の関東軍に現役で入隊中、三兄は父とそりが合わずに実家を出ていたので、私たちは六畳、四畳半、三畳の三部屋に台所と風呂という狭い借家で、両親と私を筆頭に子供五人の七人家族で生活していました。

私が石庫を辞めて実家へ戻ったことを知った一軒隣に住む横井さんが、自身が幹部として働く立川飛行機へ誘ってくれ、私は再び立川飛行機に入社しました。昭和十八年の春でした。嫌な思い出の立川飛行機でしたが、何と言っても実家から通えることと、横井さんが信頼できる人だったため迷うことなく決めることができました。

この頃の立川飛行機では「隼《はやぶさ》」戦闘機、「呑龍《どんりゅう》」重爆撃機の製造をしていて、かつて私が働いていた時とはまるで様子が変わっていました。

私は飛行機の細かい部品仕上げの砂川工場に配属されました。立川駅から徒歩五十分くらいの所で、その途中には上下水道が完備されていないために雨が降ると水が膝辺りまでくる所があって、まるで川越しするようにして工場に通っていました。

長兄の死

長兄は二度目の召集を持病により免れていましたが、戦況が悪化し長引いていく中で、いつまた召集されるか分からないと考え始めるようになりました。北支での凄まじい戦場体験からとにかく戦地には赴きたくない、軍人にはなりたくない、と強く感じていた長兄は、ちょうどその頃に募集していた香港総督府の軍属の雇員（軍人ではなく、軍隊に勤務して事務処理の仕事をすること）に応募し採用されました。両親も賛成したのだと思いますが、その辺の事情は私はよく知りませんでした。

長兄が香港へ赴任する日は兵隊ではないので兵隊送りの会もなく、長兄は単独で出発しました。神戸と台湾を経由した後に「広東丸」で香港に渡ると聞かされていました。誰もが長兄の安全を信じて疑わずに送り出しましたが、この数日後、恐ろしい悲劇が長兄を待ち受けていました。

政府の機密事項となっていましたが、開戦以来日本の船舶は外海に出た途端、空爆、雷撃、砲撃に遭って沈没させられているのが現実でした。戦後政府が発表したところによると、戦没船の数は七二四〇隻、犠牲者は二十三万人にも上ります。

その現実を長兄は神戸で知りました。心中はいかばかりだったことか、長兄は両親に宛てて後悔の手紙を送ってきました。台湾からは親戚中に配れるほど大量の台北乾燥バナナを送ってきました。出かけた時はいつも土産を買ってくる気遣いのできる人だった長兄は、死を覚悟した極限状態の時でさえそのような気遣いをしてくれたのでした。あるいはそれは長兄の別れのしるしだったのかもしれません。この時の長兄の気持ちを想像すると「無念」以外の言葉は見つかりません。

そして昭和十八年七月二日、「広東丸」に乗船した長兄は、北緯二十四度四十二分、東経一一九度の台湾海峡泉州沖でアメリカの魚雷に撃沈され、二十五歳という若さで戦争の犠牲となって生涯の幕を閉じたのでした。

香港へ赴任する数日前に、長兄は私に魚捕りで使うサデ網を一晩で編んで作ってくれました。きょうだいの多かった私に、

「取られないようにしろよ」

と言って渡してくれましたが、そのサデ網が長兄の形見の品となってしまいました。

長兄からの後悔の手紙を受け取った私たち家族はただただ驚き、台湾からバナナが送られてきて以来パタッと手紙も来なくなったことから香港へ到着したかどうかの消息も分か

らず、心配と不安ばかりが募っていきました。手紙が来ないことは父も心配していました。

「海上には敵の潜水艦が多いから、抜けられなくて手紙がなかなか届かないんだよ」

と慰めるしかありませんでした。

母はたびたび夢見が良くないと言って、

「定治郎は香港で病気でもしているのではないか」

と心配していました。母の見た良くない夢見とは、長兄が青白い顔をして台所の裏口から入って来て、

「もう香港へ行くのが嫌になった、寝かせてくれ」

と言って北枕で眠ったという夢です。今思えば、これはまさしく長兄が母の夢枕に立ったということなのでしょう。この時はすでに長兄は亡くなっていたのですから。

次兄の思い出

十一月頃だったと思いますが、寒い日にひょっこり次兄が三年間の兵役の任期を終えて満州から戻って来ました。

長兄が香港総督府へ軍属として赴任したことを知ると、次兄は父に向かって、

「なぜそんな危険な所へ長男を志願させたんだ」

と激しくなじりました。もちろん父も日本の船舶がアメリカの潜水艦の餌食になっていることなど知る由もなく、志願を許したことを後悔していたに違いないのですが、次兄の怒りは父に向かっていました。

次兄はそのような戦況を満州で聞いて知っていて、すでに長兄は戦死しただろうと推測したがゆえに、それほどの怒りを父にぶつけたのかもしれません。

次兄は赴任前に働いていた日野ディーゼルに復帰して、自宅から通い始めました。次兄はさっぱりした性格や立派な体格、現役で訓練を積んできた実績などから会社でも人気者だったようで、実家が農家の同僚からは収穫した作物をもらってくることもありました。いただき物を手にして退社する次兄を、会社の守衛がどういうわけかたびたび咎《とが》めてきたそうです。次兄は面倒くさくなって、最後には守衛を一喝してしまった、と話してくれました。そんな話を私はとても楽しく聞いていました、次兄との思い出です。

次兄から聞いた満州の話は印象深くて、今でもいくつか覚えています。次兄は、

「満州には壮大な自然があり、土地も広大で満人は気持ちがゆったりと大らかだった。できれば満州に住みたいなぁ」

と言っていました。次兄の性格と合っていたのだと思います。

赴任した翌年の昭和十六年六月に独ソ戦が始まると、日本はドイツと三国同盟を結んでいたことから、ソ連と満州の国境へ関東軍を非常呼集し大集結しました。大集結したその中に次兄もいました。戦後スターリンは、その時の関東軍の集結が痛手となってヨーロッパに侵攻できなかったと述べたそうですが、その大集結した時の緊張感を次兄は、

「あの時はソ連と戦争になると感じた」

と感慨深げにつぶやいていました。

次兄は満州の公主嶺にある関東軍最強の歩兵学校で訓練を積んでいました。当時の満州はソ連、日本、中国、いろいろな国が暗躍している地で、スパイもたくさん入り乱れていました。

ある晩、次兄が歩哨としての見回りをしていると、ゴソゴソッと藪《やぶ》から音がしたので、

「誰だ」

と小銃を向けて誰何《すいか》したところ、

「アイゴウ、アイゴウ」

と暗闇の中で一人の男が助けてほしいと哀願してきたそうです。次兄はおそらくスパイだろうが小者だと思い、かわいそうになって手で合図して逃がしたのだそうです。捕まえれば自分の功績となりますが、小者は拷問を受けて殺されるのが分かっていました。逃がしたのが分かると次兄は罰を与えられるでしょうが、次兄はそういう優しさと度胸のある

人でした。

父の苦しみ

年が明けて昭和十九年の一月十五日、東部軍司令部から長兄の生死不明という公報が届きました。この日、私は残業で帰りが遅くなっていたのですが、帰宅すると次兄が一人でうつむいて炬燵《こたつ》にあたっていました。

「利公、これを見ろよ」

と公報を差し出し、次兄は床につきました。私が帰るのを待っていてくれたのでした。線香の横には干し柿が供えられていました。

公報に記された「生死不明」という文字を見て私は愕然《がくぜん》としました。両親は床に入っていましたが眠っていたかどうかは分かりません。口には出さずとも、生死不明が死を意味することだと心の中で感じながら眠りについたことと思います。私はいろいろな思いがよぎりましたが、まだ長兄はどこかの島で生き延びているのではないかと一縷《いちる》の望みを持ち続けました。

春になると再び公報が届きました。今度は長兄の戦死を知らせるものでした。父に不信感を抱いていた次兄はこれ以降、父と口を利かなくなってしまいました。

父として長兄が戦死したことは辛く悲しいことで、自分を責め続けていたことと思います。苦しい気持ちが募って、

「自分が定治郎を死なせてしまった、申し訳ない」

と私に涙ながらに謝ってきたことがありました。私は父をとても不憫に思い、

「しょうがないよ、戦争なんだから」

と慰めました。母はすでに諦めていたようで涙はありませんでした。

長兄はどこかの島で生きているかもしれない、という私の一縷の望みは打ち砕かれ、戦争の現実を痛いほど思い知らされました。

三兄の出征

長兄の死を悲しむ間もなく、今度は家を出ていた三兄が徴兵検査に第一乙種で合格になり、満州で現地入隊をするため冬の寒い日に出征しました。八王子駅で父と次兄と私とで見送りました。三兄はその後シベリア抑留を経て、復員したのは終戦後二年余り経ってからでした。

次兄の辞表撤回

次兄は長兄が戦死したことで、自らが家族を養っていかなければならない立場になったと自負心を持っていました。そのため兵役が免れる東京都の警官募集の試験を受けました。すでに甲種合格で満州における三年の訓練を終えていた次兄は即合格になりました。早速日野ディーゼルの人事課長に辞表を提出しましたが、その人事課長は、

「髙橋君、君は今我が国がどういう状態か分かっているのか」

と何やかやと非難してきたそうです。次兄は普段からとても潔い性格でしたが、おそらくこの時は人事課長の対応に失望し諦めるしかなかったのでしょう、その場で、

「分かりました」

と辞表を撤回してしまいました。返す返すもこの時警官に転職していれば、と思わずにはいられません。

父の思い出

父は太平洋戦争が始まり、勤めていた田山染工が平和産業のため解散になると、豊田の富士電機の食堂に就職しました。食堂は賄《まかな》いがあるので、父の分として配給される食糧を子供に回せると考えたようでした。

我が家は男子が続いていたので、戦争前は近所の人たちから、

「髙橋さんは立派な働き手が三人もいていいねぇ」

と羨ましがられていました。しかし、長兄は戦死し、戦況は悪化するばかりで、男子はいつ召集されるかもしれず、私の下にまだ四人の子供がいた我が家の家計は苦しい状況になっていました。

政府からの扶助料はほんのわずかばかりで、とても足りるものではありませんでした。もちろん苦しいのは我が家だけではなく、日本中がそのような過酷な状況になっていて、「欲しがりません勝つまでは」などの標語が作られたのもこの頃です。

父は富士電機が休みの日には、配給がほとんどなくなった燃料を集めるために、高尾の大垂水や御殿峠の大島まで自転車で二時間もかけて薪木を拾いに行っていました。父はそ

の周辺の農家の人と親しくなり、里いもや雑穀類を分けてもらって帰るようになりましたが、人間が固い父は地下足袋などを持参して交換してもらったりもしていたようです。

私は晩年、相模川の小倉橋の近くへ釣りに行った際に、一緒に行った友人から、

「あの川向うが大島という村落だ」

と聞いて驚きました。父はあの時、私たち子供のためにこんなに遠くまで自転車で買い出しに来ていたのか、としばし言葉を失い、胸がジーンと熱くなりました。

次兄の出征

昭和十九年十月、とうとう次兄にも召集令状が来てしまいました。まだ出征場所は分からず、川崎・溝の口の留守部隊へ集合するように命じられました。この頃になると若者の多くがすでに戦場に駆り出されていて、次兄を見送る人も近所の主婦ばかりになっていました。

出征当日、八幡八雲神社でお祓いした後、次兄と一緒に川崎・溝の口の留守部隊まで父の妹のしほさんとすぐ下の弟と見送りに行きました。しほさんは横浜に住んでいて、次兄が横浜の貿易商で働いていた時にお世話になった叔母さんです。叔母さんは一本気で歯に

衣着せぬタイプの人でした。電車の中で次兄が叔母さんに、

「叔母さんは偽悪者だな」

と言っていた言葉が耳に残っています。次兄はお世話になった叔母さんへのお礼を、このような表現で伝えたのかもしれません。

留守部隊に到着すると下士官が持ち物すべてを出すように次兄に命令し、無事を願って家族や友人が寄せ書きをした日章旗までもが没収されてしまいました。これはアメリカ軍に玉砕させられた時に戦利品になることを避けるためでした。

次兄は結婚していませんでしたが、一緒に戦地に赴く人の中にはすでに妻子のいる人もありました。赤子をおぶっている婦人や、幼い子供の手を引いて別れを惜しんでいる婦人たちの姿を見て、私は戦況の悪さを実感し、むなしさを感じずにはいられませんでした。

そうこうするうちに馬に乗った将校がやって来て号令をかけると、次兄たちは行進して行ってしまいました。

この時が次兄と私との永遠の別れでした。

「今度召集が来て出征したら生きては帰れない、靖国だ！」

と言っていた次兄の覚悟のうしろ姿を、私は静かに見送りました。

帰りの電車の中で叔母さんに、

「この戦争、どうなるかね」

と聞かれて、

「叔母さん、新兵器ができない限り日本は勝てないよ」

と私は答えました。次兄も同じ気持ちを抱いて出征したのではないかと思います。

翌日は母が川崎・溝の口まで次兄に会いに行きました。母から聞いたところによると、
出征場所が沖縄と告げられた兵士たちは口々に、

「玉砕、玉砕」

と騒いでいて、下士官が、

「それだけは言ってくれるな」

と制してもきかなかったそうです。

玉砕とは、玉が美しく砕けるように名誉や忠義を重んじて潔く死ぬことを意味しますが、出征兵士たちにとってはそんな綺麗事ではなく、戦地での死を覚悟する言葉に他ならなかったのです。

母の前に出てきた次兄は夏の軍服を身にまとい、

「とても立派だった」

と母が目を細めて申しておりました。

最近になって仏壇の整理をすると、次兄が沖縄から父に宛てて三月初旬に送ってきた葉

書が出てきました。

次兄は二月生まれでしたが、

「元気に一つ年を取ったのでご安心ください。沖縄は日中は五月頃の陽気にて少し歩くと汗が出る暖かさです。本年も健康に注意してご奉公致します」

などと書かれていました。

長いこと目にすることのなかった次兄の達筆な文字と楽しい文章は何とも懐かしく、久しぶりに次兄を思い出しました。

長兄の葬儀

次兄が出征した翌月、長兄が英霊となって帰って来ました。八王子駅で出迎え、白布で包まれた位牌だけが入った桐の箱を私が持ち、家族そろって自宅に戻ると、すでに在郷軍人会や町会の方によって祭壇が用意されていて、ご近所のみなさんがお線香を手向けにみえました。

数日後、八王子市が戦死した兵士の市葬を第一小学校の講堂で盛大に執り行いました。市長をはじめ八王子市内の名士が集まるほどのものだったようです。父と母が参列しまし

たが、父は感激して、

「こんなに立派な葬儀をしてもらって、もう思い残すことはない、諦めがついた」

と言っていました。戦況の悪化で、八王子で市葬が行われたのはこの時が最後でした。

市内の寺に墓地を購入しました。

お向かいの小川さんが長兄のために五寸もの太く立派な角塔婆を作ってくれ墓地に立てましたが、これは八王子空襲の後に盗まれてしまいました。戦後のバラックに使われてしまったようです。

B29

真珠湾を奇襲して太平洋戦争が勃発してから三年近くが経とうとしていましたが、一向に終結する気配はなく、国民生活はますます厳しくなっていきました。お金はあっても物資そのものが不足していて手に入らない状況でした。

アメリカ軍はこの年、昭和十九年六月あたりから満州、東南アジア、九州にB29による爆撃を開始しました。そのため空襲の危険から逃れるための防空壕が必要になり、私も父とリヤカーで木材を運び、玄関先に穴を掘って防空壕を作りました。東京などへの爆撃も十一月から始まり、空襲警報が鳴ると防空壕に入って静まるのを待つようになりました。

私がＢ29をこの目で初めて見たのは十一月一日の勤務中のことでした。これはＢ29による東京偵察行だったと後に知りましたが、この時も空襲警報が鳴り響く中を同僚たちと防空壕へ急いで入り、静まるのを待っていました。しばらくすると、

「敵機が飛んでる、飛んでる」

と外で騒いでいる声が聞こえてきました。つられて出てみると、高度八千メートルくらいの上空をサイパンから飛行してきた一機の真っ白いＢ29が、紺碧の青空の中を悠々とゆっくり飛行機雲を描いて飛んでいました。私はまるで天使が飛んでいるかのような綺麗な光景に感じました。

ところが次に私の目に入ってきたのは、Ｂ29の後ろを大分離れて追跡している日本の「新司偵」という偵察機でした。ゆっくり飛んでいるＢ29との距離はまったく狭《せば》まることはなく追いつきませんでした。地上から高射砲を撃ってもまるで届かず空中で爆発するのみで、その様子を見た私は、新聞でどんなに日本の技術を宣伝してもアメリカには敵わない、日本で一番早い新司偵でさえも何千メートルも離されてＢ29には追いつけないのだから、と悠々と去って行くＢ29を見ていて技術の差をつくづく痛感しました。

東京偵察行から間もなく十一月後半に入ると、日本全土のほぼ全域に爆撃が開始されるようになりました。日本最大の航空機生産企業だった北多摩の中島飛行機は航空機エンジンの生産を行う最重要軍需拠点、いわば心臓部でした。アメリカはこれを潰すべく十一月二十四日から数十回にわたり爆撃を加え、中島飛行機は犠牲者も多数出て廃墟と化しました。ラジオの東部軍管区の放送によると、B29の軍需拠点の爆撃ルートは、サイパンから富士山を目標に飛んできて、東に行けば隼の中島飛行機、西に行けばゼロ戦の三菱重工業となっていたようです。

最初の爆撃のあった二十四日、私は立川飛行機の班長の家で行われる少年工の慰労会に参加していました。昼食の最中に空襲警報が鳴り防空壕へ入りましたが、凄まじい高射砲の音が聞こえてきたので出てみると、数十機のB29が低空飛行で編隊を組んで中島飛行機の方向へ飛んで行きました。班長の家の近くにあった高射砲陣地からB29に向かって高射砲がバンバン打ち続けられましたがまるで届かず、B29はあざ笑うかのように去って行き中島飛行機に爆撃を加えました。

中島飛行機では退避命令が出ていなかったため、多くの工員が就労していて犠牲になりました。以来、企業では空襲警報と同時に退避命令を出すようになりました。

中央線もしばらく不通になり、お開きになった慰労会から帰る際は復旧を待って帰路につきました。

親友の戦死

政府は昭和十八年から、それまで二十歳以上としていた徴兵検査を、兵士の不足を補うために十九歳に繰り下げました。昭和十九年八月に十九歳になっていた私もそろそろかもしれないと、迫りくる出征を内心では感じるようになっていました。

次兄が十月に出征してまもなく、私が尋常高等小学校で一番仲が良かった久米良夫君から「会いたい」という連絡がありました。

彼とは席が隣でとても気が合って「卒業しても毎年元旦には暁橋で会おう」という約束をしていました。実家は米屋をしていましたが、立川の航空技術学校に通っていました。約束通り卒業後は毎年元旦に会って近況を報告し合い、楽しいひと時を過ごしていました。

突然の誘いに何か話があるのかなと、仕事帰りに立川で待ち合わせて会いました。彼は、「海軍に志願して横須賀海兵団に入団することになった」

と打ち明けてくれました。志願したと聞いて私は複雑な心境になってしまいました。私の兄は三人とも出征して、長兄はすでに戦死していました。大事な息子を三人も戦争にとられ、日々の生活を支えるために苦労して働いている両親の老いていく姿を目の当たりにしていた私は、戦争を憎む気持ちを感覚的に持っていました。

「うちでは兄貴が三人も出征し、働き手を失って親父もおふくろも大変な思いをしている、だから俺は軍隊を喜ぶことなんてできない、俺は軍隊は嫌いだ」

と思わず言ってしまいました。

「元気で頑張ってくれ、俺も後に続くから」

という激励の言葉を彼は待っていたはずで、そうかけるべきでしたが、それがその時の私の正直な気持ちでした。彼は何も言いませんでしたが、ガッカリした様子で寂しく別れました。

戦後どうしているかと彼の実家を訪ねると、硫黄島へ向かう途中に敵の艦載機にやられて戦死したと聞きました。応対してくれたお母上を慰めるつもりで、

「久米君はまだ下に弟もいるから元気で頑張ってください」

と言うと、

「あなたはそう言うけれど、親にとって子供はどの子も大切、良夫は長男で大事なうちの跡取り息子の優しいいい子だった、お国のためとはいえかわいそうでならない」

と諭されました。まだ若かった私はその言葉にハッとして、気遣いのない言葉を発してしまったことを悔やみ、その想いを我が母に重ね合わせました。今でもあの時のお母上の

言葉は忘れられません。親友を失った悲しみとともに、素直に激励して送れなかったあの時の寂しい別れが心残りとなりました。

第三章　昭和二十年〜二十二年

浅草

昭和二十年の元日、幼馴染の野村君と二人で浅草に遊びに行きキした。

私は立川飛行機で稼いだ給料はすべて母に渡していました。確か当時のサラリーマンの給料が三十円ほどのところ、私は二百円近く稼ぐことができていたので家計の足しになっていたと思います。浅草に遊びに行くような時は、そのつど母から小遣いをもらって出かけていました。

浅草は焼夷弾で焼かれて煙の上がっている家屋が四、五軒ありました。以前とは様変わりしており、長兄と行ったことのある国際劇場も閉鎖されていました。食べ物は売っていても外食券がなければ買えず、結局私たちが口にすることができたのはラムネと干し昆布だけでした。野村君と「今度来る時はどうなっているかな」などと話しながら帰って来ました。

高山正一少尉

一月九日、この日のことも鮮やかに覚えています。私は砂川工場で働いていました。数十機のＢ29が編隊を組んで飛んで来たのですが、どうしたことか一機だけが遅れて飛んで来ました。すると、旋回して待ち伏せしていた日本の飛燕《ひえん》という戦闘機が、後方からその一機の方向舵を目がけて体当たりしました。あっという間の息を呑む出来事で、Ｂ29はグラグラッと揺らいだ後に墜落して行きました。

体当たりした飛燕のパイロットのことが頭をよぎりましたが周囲は大騒ぎで、そのうち「Ｂ29は小平に落ちたらしい」との情報が入ってきました。私は仕事中でしたが班長に誘われて小平まで数十分かけて歩いて見に行きました。私たちと同じようなやじ馬で沿道はごった返していました。

畑に墜落していたＢ29は間近で見ると想像していたよりも大きく、はめ込まれている小さい窓が印象的でした。乗っていたパイロットがどうなったのかは不明でしたが、数日後、立川飛行機近くの憲兵隊分所に着用していた軍服などの備品が展示されました。軍服は綿シャツのような簡単な作りで、当時の日本のパイロットが毛皮付きの軍服を着用していたことを考えると、Ｂ29は相当気密性が高いんだな、と思いました。

後日、体当たりした飛燕のパイロットは高山正一少尉という人で、落下傘で脱出して生還したと新聞で読み大変驚きました。高山少尉は二度目は成功せず銚子沖で戦死したそうです。

徴兵検査

一月十五日が私の徴兵検査でした。栄養を摂ることができていないため体重が足らずに甲種合格にはなりませんでした。二度量りましたが同じで「もったいない」と言われましたが、第一乙種の合格でした。

検査の内容をまったく知らずに受けたものでとにかく驚きました。というのは身長や体重のほかに肛門や陰部までも検査されたのです。肛門は下着を脱いで四つん這いになり痔疾を調べられ、陰部は軍医が尿道を按圧してひっぱり性病の有無を調べました。屈辱的な検査です。この検査で性病に罹っていることが発覚した者は、その場に控えている憲兵に「貴様！」と殴られていました。

検査が済むと陸軍と海軍のどちらに志願するかを問われました。私は一緒に行った野村君と「海軍の方がスマートだな」と何とも安易に決めて帰って来ました。

東京大空襲

三月十日には東京大空襲がありました。一夜にして十万人以上の都民が命を失いました。早稲田で飲食店をしている母の妹のアイさんと従姉のよっちゃん、祖母のカメさんは八王子の恩方にすでに疎開しており、早稲田の家も焼かれずに済みました。

東京大空襲のあった晩はとても強い風が吹いていました。私が空襲警報を聞いて防空壕へ入るため外へ出た時にはすでに東京方面は真っ赤に燃えていて、地上から照らす探照灯の左右に揺れる細長い光の中にＢ29が入ると日本の夜間戦闘機が追いかけて撃墜し、Ｂ29は火を噴いて墜落して行きました。肉眼で見ることができました。

空襲後の惨状を私は実際に見てきた勤務先の班長から聞きました。本所深川あたりは見渡す限り焼け野原だったそうです。

召集令状

五月初旬のある日、父が働く富士電機で開放している町村道を耕した畑に、すぐ下の弟とサツマイモの苗を植えに行きました。

昼時になると父が食堂の炊事場で大きなおにぎりを作ってくれ、工場と畑の間にある高い塀から顔をちょこんと出して、

「おーい、利公」

と投げてくれ、私たちは腹を満たしました。

このサツマイモが収穫できる頃には自分にも赤紙が来るかな、などと考えながら苗を植えましたが、私の召集令状はなんとこの日に来たのでした。

自宅に帰ると母が、

「とうとうお前にも来ちゃったよ」

と召集令状を見せてくれました。そこには昨年の九月に新設されたばかりの浜名海兵団へ五月三十日に入団するようにと記載されてありました。とうとう自分にも……、諦めと不安が入り混じった気持ちになりました。

退職

この頃には立川飛行機の従業員は疎開して各地に移っていました。

私は八王子の平岡にある大橋工業に移されていました。召集令状が来たことで退職する旨を社長に伝えると、社長は三十人ほどの従業員を整列させ、私に一言挨拶する場を設けてくれました。私は、

「本土決戦の今日、お召しを受けましたことは男子の本懐これに過ぎるものはありません、元気に行ってまいります」

と挨拶をして皆さんの敬礼で送られました。

出征までの日々

出征までの日々は恩方に疎開している祖母のカメさんに会いに行ったり、多摩川や浅川で弟と魚捕りをしてのんびり過ごしました。

母の知人が写真を撮ってくれることになり、国民服を持っていなかった私はお向かいの小川さんに借りて撮っていただきました。その時の写真は今も残っていますが、借りた国民服はアイロンがかかっていないために何本もしわがより、急ごしらえなのがうかがえます。「若かったなぁ」と少なからず感慨もありますが、この数日後に出征したのかと思うと不思議な気がします。

石庫《いしくら》にも挨拶に行きました。平和産業の石庫は閉鎖されていて休業していました。旦那さんに餞別《せんべつ》をいただきました。

かつて石庫で一緒に働いていた女工さんたちは市内の弾薬作りの工場に移ったと聞いていましたが、私の出征を知って五人ほどで仕事帰りの夕方に会いに来てくれました。

浅川の河原に行き、輪になって石庫で働いていた当時のことなどを楽しく話し込んでいるとすっかり暗くなってしまい、通りがかった警官に、

「こんな遅くまで何をしているんだ」

と咎《とが》められ、それを潮に「頑張ってね」の激励で別れの会はお開きになりました。

前々日には陸軍へ出征が決まっていた近所の瀬川君と大山君と一緒に八幡八雲神社でお祓いをしてもらいました。

三十日に入団ということで前日に出征することになりましたが、浜名海兵団がどこにあるかもよく分からず、とにかく東海道線の新居町《あらいまち》という駅まで行くことを頭に入れました。

出征

私の出征は長兄が北支へ出征する時のような華やかなものではなく大変寂しいものでした。母は赤飯を作るためのもち米をあちこち探してくれましたが手に入らず、赤飯の代わりに小麦粉になけなしの砂糖を入れて焼いたものを持たせてくれました。

近所の男子は次兄の沖縄出征の時よりもさらに多くが戦地に駆り出されており、私は兵隊送りの会もなく、送り出してくれたのはすべてが主婦のおばさんたちでした。

母に「行ってくるね」と挨拶をしてから昼過ぎの三時頃に父、すぐ下の弟、野村君の三人で家を出ました。

少し歩いたところで父に、

「もういいよ、未練が残るからここまででいいよ、俺は必ず生きて帰って来るから」

と言うと父は、

「あぁ、そうかよ」

と寂しげに頷いて痛い足を引きずりながら帰って行きました。そのうしろ姿が私はいまだに忘れられません。

弟と野村君に国分寺まで送ってもらい別れました。二人とも「頑張って」と声をかけてくれました。

東海道線

東京駅から東海道線の急行に乗り新居町へ向け出発しました。

乗客は軍の関係者が多く、ちらほらと一般の人もいました。電車の中は敵の攻撃を避けるために灯火管制が布かれて真っ暗でした。

新居町は各駅しか止まらない駅だったので浜松で鈍行に乗り換えなければならなかったのですが、浜松で下車すると、駅のプラットホームは爆撃に遭ったらしく屋根がない状態で、土砂降りの雨を避けるために駅員の案内で石炭小屋に移動して、三時間ほど雨宿りしながら鈍行を待ちました。

浜名海兵団の初日

新居町に着いたのは早朝でした。駅前には浜名海兵団の担当者が待っていて、私と一緒に入団する者は相当数いたはずですが集合するわけでもなく、

「浜名海兵団まで駆け足！」

といきなり命令され、何が何だか分からないままに土砂降りの雨の中を傘もささずに三十分ほど走って浜名海兵団に到着しました。

私は第二十三分隊に所属と告げられ、ビショ濡れのまま第二十三分隊の兵舎に飛び込むと、そこは何とも威圧的な空気に包まれていました。

目の前に立っていたのは山本という教班長で、「特攻精神Ｖ一号」と書かれたすりこ木を大きくしたような長さ九十センチほどの木の棒を床にドシンドシンと打ちつけ、私たち新入りを威嚇している異様な光景でした（この木の棒は、帝国海軍の私的制裁の道具で、俗に言う「海軍精神注入棒」です。「バッター」という通称で呼ばれていました）。

えらいところへ来たと思っているうちに助手が「持っている荷物を全部出せ」と命令してきました。持ち物すべて、母が作ってくれた小麦粉に砂糖を入れて焼いた食糧までも捨

てられてしまいました。悔しさを噛みしめました。

着ている物まで没収され、海軍の水兵服を与えられましたが、与えられた水兵服は軍需工場の作業着と何ら変わらない代物でした。海軍と分かるのは碇《いかり》の刺繍のついた陸戦用の帽子のみで、靴は使い古しのズックでした。本来ならば水兵服は海軍の一種二種三種とあるはずなのですが、この頃になるとそれらを調達することもできなくなっていたようです。徴兵検査の際、海軍はスマートだからと志願しましたが、私が思い描いていた海軍は大分以前の古き良き時代の海軍でした。

その後、

「これから呼ぶ人間はこっちへ出ろ」

と助手に命令され、呼ばれた私は六教班に所属と告げられ、食卓番をするように指示されました。あらかじめ決まっていた二人の食卓番と一緒に兵士たちの食事を取りに炊事場へ行き、見よう見まねで運んで来ると、依然として山本教班長はバッターを打ちつけて見張っていました。

ご飯をよそう時は不平不満が出ないように兵士全員が後ろ向きに座り、食卓番がよそって置いていきました。この時はご飯と浜名湖で捕れた雑魚の吸い物の二品が朝食でした。

食事が済むと、

「兵舎離れ、駆け足！」

と教班長の号令とともに浜名湖の入り江まで走って行き、皇居礼拝をするとラッパが鳴って、また駆け足で兵舎に戻りました。

次に分隊長の教育の時間がありました。忠君愛国を教えるものでしたが、「清々《すがすが》しい」を「せいせいしい」と読んでいるのを聞いて、程度が低いなと感じました。

午後は匍匐《ほふく》の練習やさまざまな訓練をし、就寝時は消灯ラッパが鳴ると競争で高い棚から毛布を取り、場所を確保して寝ました。板張りの広い部屋に雑魚寝でした。入団初日は疲れ切って一日が十日ほどに感じました。連日その繰り返しでした。

出来事

浜名海兵団での忘れられない出来事がいくつかあります。

ある日、専任教班長が六教班所属の兵士の名前を呼んで号令をかけました。一つの班は三十人ほどです。

ところがこの時は休み時間だったため、あえて号令を無視して集合しない者もあり、まごまごしていると殴られると感じた私を含めた八人が整列しました。専任教班長は全員整列しないことに腹を立ててご機嫌が悪くなり、破甲爆雷《はこうばくらい》を持ち出してきました。破甲爆雷というのは、敵の戦車に向かって投げたり直接戦車に張り付けたりして爆発させる対戦車地雷で、直径十センチちょっと、厚さ四センチほどの亀の甲羅の形をした型で、カシの木でできていました。

その破甲爆雷で整列している八人の頬を一人ずつひっぱたき始めました。八つ当たり以外の何物でもないのですが、やられるしかありませんでした。私は右頬の頬骨のあたりを殴られ、一か月は痛くて顔も洗えませんでした。

それが終わると「兵舎離れ！」と号令をかけられ、今度は重たい銃剣術の防具を身につけて、夏の暑いさなかにグラウンドを何周も走らされました。頬の痛みに耐えながら歯を食いしばって走りました。集合しなかった者はそのまま何の罰も受けずに終わりました。なんとも不条理なことです。

またある時は、同じ六教班の一人が夜中に近所の畑でスイカを盗んだのが見つかって逃げてきました。「また何かあるな」と思っていると、

「六教班、兵舎離れ！」

と号令がかかりました。飛び起きて外に出ると、

「帝国海軍ともあろう者がスイカを盗むとは何事だ、名を名乗れ！」

と教班長が怒り始めました。私の所属していた六教班の教班長は日頃から穏やかな人だ

ったのでお小言でおさまりそうでした。「やれやれ、これで終わるかな」と思っていると、空気の読めない輩《やから》が、

「教班長」

と言い出しました。

「なんだ」

「お便所に行っていいでしょうか」

教班長の怒りに再び火がつきました。

「貴様たちはなんだ！」

と拳で全員が殴られました。もちろん痛かったですが、素手で三十人も殴った教班長も痛かったろうと思います。

中にはずる賢い輩もいて、番兵の交代の際に交代要員が来る前に兵舎に入って寝てしまう者がありました。私が当番の時も運悪く番兵がいないことが見つかって、

「番兵はどうした」

と私が殴られました。

作業と訓練

アメリカ軍の上陸に備え、山にトンネルを掘って大砲を据え付ける作業をしていたことがありました。掘ると地下水が湧いてしまうので、湧いた水を石油缶に入れて捨てに行くのですが、夜を徹しての人力のみの作業で、その上裸足で作業をするので大変苦労しました。

訓練で使っていた銃は日露戦争で使ったイタリア製の重たい銃でした。この頃は弾も不足してきていたため、私が引き金を実際に引いたのはたったの二回でした。こんな重い銃で白兵戦などとてもできないと思いつつ訓練をしていました。

匍匐《ほふく》前進して破甲爆雷や棒地雷を戦車に仕掛ける訓練や、タコツボを掘って隠れ、戦車が来るとサッと飛び出して十キロの火薬の詰まった箱をぶつける訓練も行われました。この訓練のことを浜名海兵団では「骨詰《こつづめ》訓練」と呼んでいました。自爆を覚悟の作戦という意味です。

日本軍における自爆攻撃は神風特攻隊だけではないのです。高山少尉の体当たりもそうですし、対戦車攻撃もみな戦死を前提とする自爆攻撃、恐ろしい作戦です。

艦砲射撃

一回だけアメリカの艦砲射撃を受けたことがありました。この時ばかりは本当にもうダメだと思って恐ろしかったです。たしか七月の終わり頃だったと思います。

訓練が終わって疲れて寝ていると、真夜中にブーンバーンというものすごい轟音とともに「戦闘用意」のラッパが鳴り響きました。遠州灘に侵入したアメリカの複数の巡洋艦から浜名海兵団に向かって大砲が撃ち込まれたのです。

浜名海兵団は浜名湖の西の遠州灘の海岸近くに構築されていました。海水が湧いてしまうので地下を掘っての防空壕は作ることができず、兵舎から少し離れた平らな砂地に高さ三メートルほどの掘っ建て小屋を作り、その周りに草を植えてカモフラージュした防空壕を百個くらい作ってありました。

私たちは一斉にその防空壕目指して無我夢中で逃げました。私の入った防空壕には十人ほどがひしめき合って身を伏せていました。

艦載機も飛び始め、照準を合わせているのが分かりました。情け容赦なく照明弾をバンバン落としてきました。防空壕に当たれば一巻の終わりです。頭を抱えて伏せていてもヒユーヒュー、ピュンピュンと音を立てて弾が流れているのが分かりました。

爆発の光はパッパッパッと閃光となり、防空壕の隙間から差し込んできました。艦砲射撃の砲弾が防空壕の周辺に落ちると、ブワーッとものすごい音の後に舞い上がった砂が何とも寂しげにサーッと静かに落ちてきて、その音が不気味な怖さとなって何度も何度も襲ってきました。

空では艦載機のけたたましい音、大砲のものすごい轟音、もうダメだと思った瞬間、私は「神様！」と腹に力を込めて絞り出すような気持ちで心の中で叫びました。どのくらい続いていたのか、五十分くらいと感じましたが、静かになると「退避やめ」のラッパが鳴りました。「あぁ、助かった」と全身の力が抜けました。

この時、海まで逃げた者や松林で伏せていた者、防空壕を直撃された者など、犠牲者が多数出ました。兵舎に戻ると事務所はぶっ飛び、建物の半分はなくなっていました。まさに戦争映画さながらの惨状でした。私の九十年の人生で最も恐ろしい瞬間でした。

その後にもう一度攻撃されるという情報がありました。その際はあらかじめ毛布を一枚持って山へ逃げていました。虫がブンブン飛ぶ中で毛布を被って野宿しましたが、これは誤報だったようです。

日常と温度差

浜名海兵団での生活は、お世辞にも衛生的とは言えない状況でした。ご飯にはハエが大量に止まっていましたし、新兵だったことと艦砲射撃で風呂が爆撃されたことで私はほとんど風呂に入れませんでした。それでも病気をすることもなく日々の訓練をこなしていました。

私と一緒に入団した者は東京の中小企業の子弟が多く都会育ちで、彼らはすでに厭戦気分になっていました。新聞でアメリカの戦艦が房総沖に艦砲射撃を加えたことを知ると、「これで戦争が終わればいい」と言って騒いでいました。私のような三多摩の人間は本土決戦を覚悟していたので非常な温度差がありました。

老婆

唯一私の記憶に残っている心温まる思い出は、民宿を借りて陣地構築の作業をしていた時のことです。

一日中作業をしてへとへとに疲れ切って民宿に帰る途中、田んぼの畦道《あぜみち》に老婆が立っていて、茶封筒に入っている炒《い》った大豆を一掴みずつ我々に「ご苦労さん」と声をかけながら渡してくれたのです。この老婆の息子さんも、もしや戦地に赴いているのではないかと考えました。

ありがたい気持ちいっぱいでいただく大豆の味が深く心に沁みました。

原爆

誰の情報かは覚えていませんが、広島と長崎に新型爆弾がB29によって投下されたことが広まりました。原子爆弾ではなく「新型爆弾」という表現でした。

この爆弾の威力は相当なものだと伝わってきましたが、その新型爆弾がどれほどの被害をもたらしたかは伝わらず、この時は想像もできないことでした。

爆弾の被害を避けるためには白い布を羽織ることだという噂が真しやかに流れていました。

原爆の惨状や「エノラ・ゲイ」という名前を私が知ったのは大分後のことでした。

任地

三か月の訓練が終わると実施部隊となって任地へ赴きます。浜名海兵団から硫黄島へ赴いて玉砕に遭った者も数多いと聞きました。

私の任地は八月十五日付けで厚木砲台に決まりました。厚木だったら何かの折には八王子まで歩いてでも帰ることができる、両親の力になれると考え、良かったと思いました。出征の別れの際に「必ず生きて帰って来るから」と父に言った言葉が頭をかすめました。

終戦

八月十五日、九州や仙台などに向け赴任する者は「帽振れ」で送られ出発しました。ところがもっとも近い厚木砲台への出発は指示されず、塩田作業を命じられました。

作業をしていると海軍の内務部長がやって来て、

「貴様らのようなだらしがない人間がいるから日本は戦争に負けたんだ」

と言っているのです。何を言っているのかと疑問に思いましたが、塩田作業中に草むらに落ちている新聞が目に留まり、内務部長の言っていた意味が分かりました。なぜ新聞が落ちていたのか今考えても不思議ですが、その新聞の大見出しは「ポツダム宣言受諾」となっていました。それを見て私は、

「日本は負けたんだ、戦争が終わったんだ」

と確信しました。

ところが、浜名海兵団では戦争が終わったことをまったく我々に伝えませんでした。それどころか上層部は急にバタバタと慌て出し、教班長以上の人間に飯盒《はんごう》を支給するとの達しが出ると、日頃規律を唱えていた教班長たちが並びもせず我先にと飯盒を奪い合い、甲板将校にバッターで殴られていました。それはあまりにも寂しく情けない光景で、

「なんだ、これじゃあ勝てっこないな」

と私は思いました。

浜名海兵団からはきちんとした戦争終結の説明がないままに武装解除の仕事を指示されました。武器を集積所に運ぶ仕事です。

作業をしている時に一回だけ数十機のグラマン戦闘機が超低空飛行で何回も浜名海兵団の上空を旋回していたことがありました。その光景はまるで「お前たちは負けたんだぞ」と言わんばかりに私には見えました。

退団式

そして八月二十八日、退団式があるということで整列しましたが、単に「頭右《かしらみぎ》」と号令がかかって敬礼しただけで退団式は終わりでした。私は、

「日本はポツダム宣言を受諾しましたが、皆さんはこれから祖国の再建復興のために頑張ってください」

というような挨拶が当然あるものと想像していただけに拍子抜けしました。結局最後まで日本が負けたこと、ポツダム宣言を受諾して終戦となったことは一言も説明がありませんでした。八月十五日の正午に玉音放送があったことも、私が知ったのはいつのことだったか大分先のことでした。

三百円の慰労金を受け取り、それぞれが故郷へ帰って行きました。

帰路

東海道線を貨物列車に乗って帰路につきました。三百円の慰労金を懐に収め、入団時に支給された文箱を衣嚢《いのう》に入れて持ち帰りました。

列車から見える景色は出征時とは一変していました。相模湾にはアメリカの軍艦ばかりが停泊しており、港という港はアメリカの艦船一色となっていました。京浜重工業地帯の軍需工場もすっかりなくなって焼け野原となっていました。

そのような光景が目に入るたび、両親や弟妹たちは無事だろうかという不安な思いに襲われました。八月二日に八王子にも大空襲があり焼け野原になっている、とたまたま浜名海兵団で一緒になった小学校の同級生の原田君から聞いていたからです。

原田君は私より先に入団していて、八王子空襲の直後に偵察を命じられてその惨状を目の当たりにしていました。浜名海兵団に戻って来た時、

「お前の家は大丈夫だった。遊郭の近辺は焼かれずに済んだみたいだ」

と教えてくれましたが、家族の安否までは分かりませんでした。

原田君は八王子の土産に煙草をくれて、吸わない私は兵舎で配って大喜びされました。

そんなことをさまざま思い出しながら、東京駅で中央線に乗り換えて八王子へ向かいました。

復員

八王子駅に着くと、聞いていた通り街は見渡す限りの焼け野原に変貌していました。電信柱からはまだ煙が上がっていました。敗戦を実感せざるを得ない悲しい光景でした。戦争が終わったことをようやく現実のこととしてとらえることができました。

家に向かって歩いているつもりでも何せ目標物が何もなくて、歩いているうちに方向が分からなくなってしまい、通りがかった人に聞いてみるとそこは追分でした。まったく違う方向に進んでいたのです。

引き返して自宅近くになると、原田君が言っていた通り我が家の周辺は遊郭も含めて焼けずに残っていました。ホッとして家の玄関を開けると、突然のことにすぐ下の妹が驚いて声を上げ、母も慌てた様子で出てきました。私は手紙を一回出したのですが届いていなかったようで、

「手紙が来ないからどうしたのかと心配していたんだよ」

と言われましたが、家族は皆私の復員を喜んでくれました。

八王子空襲

家族が全員無事だったことに安堵し、八王子空襲のことを聞きました。八月二日の夜中に攻撃を受けたそうです。

のちに知ったことですが、この時の空襲では二時間に千六百トンの焼夷弾が投下され、その量は日本本土の空襲では三番目の投下量だったそうです。

この時の空襲で、八王子市長を務めたこともある関谷源兵衛さんが焼夷弾の直撃を受けて亡くなりました。私の家族も布団を被って浅川に避難したそうです。

長兄と次兄の戦地からの手紙、次兄の描いた絵、アルバムなどの遺品、布団、妹の晴れ着、貴重品の類は恩方のアイさんの疎開先にあらかじめ移していましたが、それらはすべて空襲で焼けてしまいました。

改めて家の外に出て四方を見渡すと、私の家から二キロメートルも離れた富士森の浅間神社の鳥居が見えるほどの焼け野原となっていました。

八王子は中央線、横浜線、八高線が通る東日本における鉄道の重要都市とアメリカは位置づけて攻撃してきたようです。

真夏のことで、家が焼けてしまった人たちは私の家の前を通って浅川に水浴びに来ていました。中には私の家が焼かれずに残ったことをやっかんで暴言を吐き捨てていく人もあったようですが、これは無理もないことと思います。

復員した次の日、亡くなった人の遺体が近所の大善寺に安置されていると聞いて一人で行ってみました。境内には男女の識別もできないほど真っ黒焦げになった数百の焼死体が並んでいました。それらは黒焦げの一つの物体にしか見えず、私には何の感慨もありませんでした。

次兄の戦友

次兄と三兄の消息が分からないままに日々が過ぎていきました。

母から聞いたことですが、終戦の少し前に次兄の満州での戦友が二人連れだって訪ねて来たそうです。サーベルを提げた立派な軍人さんで、母が次兄は沖縄に出征したことを伝えると、

「沖縄じゃあな」

と言って寂しげに帰って行ったそうです。

母はすでに次兄のことは諦めていたのかもしれません。長兄がチフスに罹った時のような慟哭《どうこく》する姿はこの先もありませんでした。

自転車の盗難

浜名海兵団の慰労金の三百円はすべて母に渡しました。現代の価値にして三万円というところでしょうか。

当時我が家には自転車が二台ありましたが片方は大分傷んでいたため、慰労金の三百円に全財産をつぎ込む覚悟でヤミ市でタイヤやチューブなどのパーツを手に入れて交換し、当時流行《はや》っていた「ノーリツ号」へと修理しました。二千円以上かかりました。終戦直後の自転車は現代の自家用車のような感覚です。

ところが「ノーリツ号」はその翌朝には盗まれて無くなっていました。数日必死になってあちこち捜しましたが見つからず、犯人の見当はおおよそついていたのですが諦めるしかありませんでした。家族みんながっかりしました。そんな時代でした。

次兄の消息

九月の末頃、沖縄からの陸軍兵が横須賀の久里浜港に続々と復員していると新聞で読み、次兄の消息を確かめるべく私は千葉の稲毛にある留守業務へ一人で出かけました。留守業務とは外地部隊（内地へ戻ってきていない部隊）に所属する軍人の生死を掌握する機関です。

次兄の安否を尋ねると、はっきりしたことは分からないものの同じ中隊だった人が三人生き残って復員しており、そのうちの一人が吉祥寺に住んでいると教えてもらうことができました。すぐさまその足で住所を頼りに訪ねました。

その人の名前は忘れてしまいましたが、すでに教職に復帰されていました。次兄とは仲が良かったそうで、突然の訪問にも家に招き入れて下さり詳しく次兄の消息を聞くことができました。

その人の話に戦後私が調べた沖縄戦の経過を補足すると、

「四月一日に沖縄本島にアメリカ軍が上陸した時、私やお兄さんの所属していた川崎・溝の口の部隊は真っ先に夜襲をかけて敵の食糧品や医薬品を大量に持ち帰り有名になった。戦争に勝っていれば殊勲甲は間違いない。

沖縄戦での日本軍の司令官は陸軍中将の牛島満という人で、当初は八原高級参謀による持久戦術を取り入れ、アメリカ軍を沖縄本島の内陸部に誘い込んで攻撃をかけ、敵の進撃を遅滞させる作戦をとっていた。

しかし持久戦が長引いてくると、牛島中将は長参謀長の『このままでは軍の運命が尽きてしまう、攻撃戦力を保有している時期に攻勢を取り、運命の打開をすべきだ』という積極攻撃の主張を八原高級参謀の反対を押し切って認可し、五月四日の真夜中に数万人を投入してアメリカ軍に大攻勢をかけた。簡単に言ってしまえば、洞窟の中でやられるよりも一か八か打って出て攻めた方がいいという作戦。

ところが八原高級参謀の懸念した通り、夜は良かったものの陽が上がって明るくなると瞬く間に艦砲射撃や空襲で攻撃されて身動きが取れなくなり、多くの兵力を失って大攻勢は大失敗に終わった。その後八原高級参謀の発案により、五月二十八日に首里を放棄して南部の摩文仁に司令部を移した。

大攻勢が失敗した場合の集合場所があらかじめ指示されていて、その地点には髙橋君は間違いなくいたが肩を負傷していた。肩の負傷で担架を運ぶなどの仕事ができないため司令部まで撤退することになって南下したが、私が摩文仁の司令部に到着した時には髙橋君はいなかった。おそらく集合地点から摩文仁までの途中で艦砲射撃にやられて亡くなったのではないかと思う」

という次兄の消息でした。

「生き延びて密林に隠れているということはないですか」

と聞くと、

「沖縄には密林はないので、大変残念だが隠れているとは考えられない」

との返答でした。

この時ふと、以前母が見たという夢が脳裏に浮かびました。その夢は、「家の前を歩いていると大きな風呂敷包みが置いてあるので『どっこいしょ』っと背負って持ち帰り開けてみると、骸骨が入っていた。おまえが早く捨ててくるようにと怒るので捨てに行こうとしたら、目の前に定治郎と治寿が立っているので驚いて『生きていたのか』と声をかけたところで目が覚めた」

という夢でした。あの夢は次兄の死の知らせだったのか、と何とも言いようのないむなしい感覚に襲われました。

次兄の死

暗澹《あんたん》たる思いで自宅に戻り両親に報告すると、二人とも神妙な面持ちで聞いていましたが、予期していたことだったようで特に言葉はありませんでした。大分経って昭和二十二年九月に届いた戦死公報には、次兄の消息は「五月三十日山城《やまぐすく》において戦死」と記載されてありました。

摩文仁の司令部に向けて南下を開始して間もなくのことであり、五月三十日は私が土砂降りの中を走って浜名海兵団に入団したまさにあの日でした。浜名海兵団でへとへとに疲れて眠りについたあの時、次兄はすでに二十五年という短い生涯に終わりを告げ祖国の花と散っていたのでした。私はそのことを思い出すたび今でも深い哀愁に包まれます。

次兄の葬儀

その後、芝の増上寺へ遺骨箱を受け取りに行きました。もちろん遺骨箱の中に入っているのは位牌だけです。これがいつのことだったか年月の記憶がないのですが、シベリア抑留を経て復員した三兄と一緒に行ったことと当時の雰囲気からして、昭和二十二年から二十三年にかけてだったように思います。

増上寺の大きな部屋で名前を呼ばれて桐の遺骨箱を受け取ると、若い僧侶が次々と寄って来て南無阿弥陀仏と唱えてくれました。その様子は本当に真剣で、心がこもっていることが伝わってきて私はとても感動しました。

身内でささやかな葬儀を行い遺骨箱を持って寺に向かいました。歩いていると遺骨箱の中に入っている位牌がコツコツカタカタと音を立てていました。

この頃になると東京裁判も行われていて、世の中は戦死者に敬意を払うような風潮ではなくなっていました。道々、白布で包まれた遺骨箱を持っている私に頭を下げてくれたのはたった一人の女学生だけでした。

墓地に墓石を立てる余裕はまだなく、長兄の角塔婆はすでに盗まれていたので墓地は更地の状態でした。この時次兄の塔婆を立てたかどうかは記憶にありませんが、本堂でお経はあげてもらったように思います。

三兄（嘉津造）の思い出

この数年後に三兄が知人を多数連れて来て浅川の河原の石をリヤカーで寺に運び、更地に石を積み上げて現在の墓地の原型を作りました。この時父は作業のお礼に酒三升と肴《さかな》を持参してふるまったと聞いています。現在の髙橋家の墓石を立てたのは、さらに年月を経て私が結婚した後の昭和三十五年十月のことです。

三兄はシベリアから復員した時、次兄が戦死したことをすでに承知していました。三兄は次兄と仲が良く、満州へ出征した後も手紙でやり取りをしていたようで、次兄が沖縄に出征したことも知っていました。

三兄の話によると、終戦前のある晩、無言の次兄が血だらけの軍服姿で夢に出てきたそうです。驚いて飛び起き直感的に次兄が沖縄で戦死したことを悟った三兄は、

「兄の仇を討ちたいから沖縄に行かせてほしい」

と上官に願い出たそうですが、もちろん満州から沖縄への転属など叶うはずもありませんでした。

進駐軍

敗戦後、立川陸軍飛行場はアメリカ軍に接収され横田基地となりました。進駐軍となった横田基地のアメリカ兵は田町遊郭にも遊びに来ていて、子供たちにチョコレートを配っていました。

「ギブミーチョコレート」と言って子供たちがアメリカ兵に群がるのを私の父はとても嫌がり、弟や妹たちに絶対に近づいてはいけない、チョコレートももらってはいけないと厳しく言い渡していました。

進駐軍のアメリカ兵相手に娼婦となる一般女性もいて「パン助」と呼ばれていました。洋装に厚化粧をしたパン助が街中をうろつく姿をよく見かけるようになりました。

戦後の生活状況

戦争が終わっても物資の不足は相変わらずで、人々の暮らしは戦中よりもむしろ戦後の方が酷い状況になっていました。

食糧や生活必需品は依然として配給制が取られていましたが、その配給も遅配や欠配が続き、ヤミ市で売られる商品には破格の高値がついていました。食糧を確保するには自ら買い出しに出向いて手に入れるか、ヤミ市で高値を支払ってでも手に入れるか、どちらかしかありませんでした。

当時の我が家は五男の達也が十六歳、長女の嘉子が十四歳、次女の正子が十一歳、末の弟の伸吉はまだ九歳の育ち盛りでした。達也は働きに出ていましたが家計の足しになるほどの給金はもらっておらず、父の富士電機の稼ぎと母の内職だけでは到底家族の生活を支えることはできませんでした。

父は富士電機の食堂で残ったお焦げのご飯をおにぎりにして持ち帰ったり、自転車で買い出しに出かけて野菜や卵を物々交換したりして、何とか食糧を手に入れていました。

二人の兄を失って必然的に長男となった私は、家族を養わなければならないという責任感から働き口を必死に探しましたが、戦争の終結により軍需産業は解散になっていて、私のような戦争帰りの若い者に仕事はありませんでした。前途を真っ暗に感じ、これからどうやって生きていったらいいのかと不安ばかりが募りましたが、日々の生活は待ってはくれませんでした。

そんなわけで私の復員してからの毎日は、食糧の足しにする栗や燃料にする薪木を集めに山へ行ったり、家族が生きるための買い出しに出かけたりする日々となりました。田舎に伝手《つて》もないので、買い出しに行く際は安く売ってくれるという噂を頼りに出かけました。

買い出し

八王子空襲で家を失った多くの人たちは、バラックを建てて住み始めるか転居していました。戦後まもなく近所に転居してきたのが栄ちゃん一家でした。おばさんと母が親しくしていたことから私たちも仲良くなり、お互いの家を行き来して花札を楽しんだり、買い出しの相棒となったりして生涯にわたる親友となりました。

初めての買い出しは総武線の西千葉でした。ヤミ市で買うと一貫目十五円のサツマイモが十円で買えると聞き、栄ちゃんと高田君の三人で期待に胸を膨らませて出かけました。

ところが噂ほど簡単に売ってくれる農家はなく、私たちが若かったのでヤミ屋と間違われたこともあり何軒も断られ、こんなに頭を下げるくらいならヤミ市で十五円払って買った方がいいではないか、と肩を落としてとぼとぼ駅に向かって歩いていると、通りがかった牛を引いたおじいさんに、

「お前ら、さつまいもを買いに来たのか?」

と声をかけられました。事情を話しておじいさんの家に行くと、大量のサツマイモが収穫されて保管してあり、

「持てるだけ持って行っていい」

と売ってもらうことができました。渡る世間に鬼はなしとはこのことだと感謝して、私たちはリュックいっぱいのサツマイモを持って帰りました。母は大喜びしました。

船橋へも買い出しに行きました。魚市場へ行って秋刀魚《さんま》を大量に買い込み、立川のヤミ市でテキ屋にショバ代を払って売り始めました。ところがなかなか売れず、最後には近辺の家庭を訪問して売り歩き、なんとか売り切って利益を栄ちゃんの弟と竹中君の三人で分けて帰りました。

買い出しの合間に一度だけ進駐軍で募集していた雑用仕事に行ったことがありました。アメリカ人の運転するトラックの荷台に乗って秋川へ行き、河原で砂利を拾う仕事でした。私の他に三人来ていました。元締めの日本人は威張っていて嫌な感じでしたが、アメリカ人はとても紳士的でした。けれど私はアメリカに二人の兄が殺されたという思いが強かったので「進駐軍の仕事などできるもんか」と二度と行きませんでした。

カラス部隊の思い出

燃料の配給はほとんどなかったので、尾崎君の伝手を頼って上野原の炭焼き場へ何回も買い出しに行きました。大体いつも栄ちゃんと尾崎君の三人組で、私たちはこの炭の買い出しを「カラス部隊」と呼んでいました。

中央線の上野原駅から徒歩で一時間半ほどかけて山頂の炭焼き場まで行き、売ってもらった炭は飲食店や一般家庭を訪問して売り歩いたりもしました。

暮れの寒い日、祖母のカメさんが次兄の葬儀に参列することになったので、風邪を引かせては大変と栄ちゃんと尾崎君を誘って炭の買い出しに出かけました。

ところがこの日は上野原駅で統制違反の一斉取り締まりが行われていて、私たちは拳銃を振りかざした警官に、

「逃げると撃つぞ！」

と威嚇され、買ってきた一俵半の炭はすべて没収されてしまいました。

この時栄ちゃんは私と尾崎君が制するのも聞かず再び炭焼き場に炭を買いに戻り、一晩

帰って来ませんでした。あとで「線路の脇に隠れて時を過ごした」と聞きましたが、翌朝栄ちゃんのおばさんが、

「列車に轢《ひ》かれて死んでしまったのではないか」

と心配して訪ねてきて、驚いた私が八王子署で警官をしている友人に相談に行くと、上野原署に問い合わせたが中央線で事故はない、とのことだったのでひとまず帰りを待つことになりました。

けれど私は栄ちゃんが心配だったのと、せめて炭を入れていた浜名海兵団から持ち帰った衣嚢《いのう》だけでも取り返そうと思い立ち、再び上野原駅に一人で急ぎ向かいました。

没収品が保管されている駅の営団倉庫を覗くと、事務員たちは昼食を食べながら話に夢中になっていました。没収品が積まれている台の上には私の衣嚢も炭が入ったままの状態で置かれてあるのが見えました。私は事務員たちの様子をうかがいながら部屋に入り、そおっと忍び足でかがんだ姿勢のまま台に近づき、衣嚢を取ると一目散に走って逃げ出しました。すると私の真似をしたらしい二十歳くらいの娘さんもリュックを抱えて後から走って逃げてきました。

中央線の線路を脇目も振らず、いつ追いかけて来るかとドキドキしながら二人で必死に走り続けました。どんどん走ってトンネルを抜け三キロくらいはあったと思いますが、やっと隣の藤野駅に辿り着いた時には息は上がり、足がガクガクして倒れそうでした。

ところがホッとしたのも束の間、駅員に呼び止められてしまいました。溜息を隠して、「兄の葬儀に来る祖母の寒さを凌ぐための炭だから……」と事情を話すとその駅員は優しい人で、ありがたいことに通してくれました。

列車の中では取り締りの警官が来るとトイレに隠れ、ノックされると「入ってるよー」と答えて何とか八王子駅に帰って来ることができました。

列車を降りたところでバッタリ栄ちゃんと会い、揃って改札を出ると、運の悪いことにそこでも統制違反の一斉取り締まりをしていて捕まってしまいました。藤野駅の駅員に説明したのと同じように、

「沖縄で戦死した兄の葬儀に八十歳を越える祖母が東京から出て来るので、寒さを凌ぐため何とか見逃してもらえませんか」

と懇願してもその警官は、

「貴様、統制違反だぞ」

と強硬姿勢を変えないので、私も頭にきて、

「警察署長の了承があればいいのか」

と詰め寄ると、傍にいた女性事務員が私の袖を引っ張って、

「刑事さんだからしょうがないよ」

と小声で耳打ちしてきました。結局私も栄ちゃんも、あれほど苦労して手に入れた一俵

半の炭はすべて没収されてしまいました。

またある時は、買ってきた炭を売りに東京の四谷まで行ったことがありました。大きな門構えの立派な家の玄関を入るとそこは高級官僚の役人の家で、たくさんの炭を買ってくれましたが、

「玄関から入って来るとはとんでもない、勝手口にまわれ」

と怒られました。

今となっては笑い話のようですが、当時の人々は誰もが皆生きるために真剣で必死に毎日を過ごしていました。

配給のストップ

私の家ではすぐ下の弟が勤めていた陸軍航空技術研究所が戦後になって進駐軍の管理下に置かれたため、一般家庭では手に入らない鰻《うなぎ》の蒲焼やパイナップルの缶詰なども配給されていていくらか助かっていましたが、政府からの配給は完全に遅配するようになり、私の記憶では昭和二十一年五月の一か月間は配給がまったくなくなりました。「米よこせデモ」

や「食糧メーデー」も起こりました。

五月は食物の収穫の端境《はざかい》期で、富士電機の町村道の畑にも小麦しか作物がありませんでした。母とすぐ下の妹と電車で出かけて、小麦の黄色くなった穂をハサミでつまんできては両掌ですり合わせて皮をむき、茹でて米の代わりに食べていましたが、わずかばかりでとても足りるものではありませんでした。

米の買い出し

配給がストップした時期に、米の買い出しに茨城の石岡まで行ったことがありました。

この時は吉田という学校時代の友人から、

「自分が出征していた時の陸軍の班長の家が茨城にあって、米を安く売ってくれる近隣の農家に口を利いてくれるから一緒に行かないか」

と誘われて二人で出かけました。

石岡は日帰りができないので霞ヶ浦駅に野宿をして、翌朝石岡の班長の家に行きました。ところがその班長はお櫃《ひつ》いっぱいのご飯とシラスを出してくれたものの、ちょっと用事があるからと言って出て行ってしまいました。飲まず食わずの腹ぺこだったので二人でお櫃のご飯をすべて平らげて待っていましたが、待てど暮らせど班長は戻って来ないのです。

吉田は少々ヤクザっぽい性格と風貌でした。

――班長は吉田から逃げたんだな。吉田と一緒に回っていたら下手をしたら何も買えないで帰ることになるかもしれない――とやっと気づいた私は、二人で行動するとヤミ屋と間違われて売ってもらえないから別行動にしようと提案して別れました。

それから私は大きな蔵のある農家に入って、八王子から来たことなどを話して米を売ってくれるように頼みました。

応対に出て来た老婆は「売るものはない」とあっさり断ってきましたが、母が大事に保管していた純綿の生地や帯なども持って来たからとりあえず見てほしいと頼んでみました。

この当時の純綿はとても貴重でした。すると老婆は持参した純綿や肌着などの品物を物色し、気に入ったようで米二斗（三十キロ）、小麦、豆などと物々交換してくれました。

この時、そばでやり取りを見ていたお嫁さんが母の手織りの帯を大変気に入り、姑《しゅうとめ》である老婆に、

「後日実家で代金を用立ててもらって返すので、帯を買う代金を立て替えてほしい」と哀願しました。私は老婆はお嫁さんに買ってあげるだろうと思いましたが、老婆はいい顔をせずしぶしぶ了承して代金を出してきました。私はお嫁さんが哀れになり想定していたよりも安く売ってあげましたが、田舎は封建的なんだな、こんなに大きな農家でもお

嫁さんの立場は惨めなものなんだな、と少々驚きました。

　その後吉田と合流すると、どこへ行っても売ってくれないと言うのでかわいそうになり、もう一度老婆の家に行って事情を話すと、老婆は「しょうがないねぇ」と言いつつ吉田にも少しばかりの米を売ってくれました。

　この日は運良く八王子駅で統制違反の一斉取り締まりをしていなかったので、買い出ししてきた米などの食糧は没収されることなく帰って来ることができました。この時も母は大喜びでした。

　配給がストップした五月を乗り切ると、政府がGHQに求めていた食糧援助が行われ、大量の小麦やチーズ、ハムなどの食糧がユニセフや国際NGOを通じてバンバン入ってくるようになりました。それらは各家庭に配給され食糧難の危機的な状況は回避でき、国民の命は繋がりました。

仕事

昭和二十一年の秋頃、裏に住む野田のおじさんから、

「織機《しょっき》の修理の仕事を始めるので手伝ってくれないか」と誘われました。

八王子は数百年の織物の歴史がある街で、市内の工場の大半が織物関係の工場でした。ところが戦争が長引いてくると平和産業の織物工場は軍需工場に転換させられ、廃棄された織機の多くがくず鉄にして軍に供出されました。さらに最後まで残っていた工場も八王子空襲で壊滅的な被害を受け、八王子織物を復興させるには織機の修理や製造が急務となっていました。

野田のおじさんは伊藤式織機工場の織機部長をしていた関係で、織物組合から焼けた織機の修理を依頼され工場を始めることになったのでした。

修理工場は遊郭の病院の裏に造られました。買い出し仲間だった栄ちゃんや尾崎君も一緒に誘われ、十人ばかりで修理の仕事を始めました。

平日の朝八時から夕方五時までが勤務時間となっていて日曜が休みでした。昼食は自宅に戻って済ませ、賃金は一日当たり十七円五十銭の月払いでした。十七円五十銭というのは、破格値の付いたヤミ市では米が二合買えるくらいの額でした。

私は石庫《いしくら》で小僧をしていた時に糸返しや簡単な作業をして織機には触れていたので、すぐに修理の仕事は覚えることができました。

修理の依頼があると馬方《うまかた》を頼んで壊れた織機を数人で取りに行き、チェーンブロックなどの工具を使って馬車や牛車に壊れた織機を積んで工場に運び、全員総出で半月ほどかけて完成させ依頼主の工場に納めるのが仕事の流れでした。同じように修理をしている工場が市内に五、六軒あったと思います。

冬の寒い時期には五時に仕事が終わってから炭を買い出しに行くこともありました。燃料の配給がなかったため炭は売って収入にすることもできました。織機の仕事の合間に買い出しに行くという生活を二年ほど続けました。

国技館

尋常小学校時代、私の一つ年下に身体が大変大きくて目立っている男子がいました。名前を真田征四郎といい出身は山梨の富士吉田で、横山町の洋品店の息子だと聞いていました。その群を抜いた大きな体格はいずれ相撲取りにでもなるのではないかと評判でしたが、その評判通り真田は昭和十六年太平洋戦争の開戦前に音羽山部屋に入門し、本名の真田を四股名《しこな》にして初土俵を踏んでいました。

戦争中国民にとって唯一の娯楽は大相撲で、出征した力士もありましたが戦争中も大相撲は行われていました。真田はまだ十代だったため徴兵には引っかからず巡業を続けていました。

昭和二十年、太平洋戦争が泥沼状態となり空襲が酷くなると、疎開のために私の職場は立川から八王子の平岡にある大橋工業に移っていました。どういう経緯か忘れてしまいましたが、その大橋工業に真田が出入りしていて、私たちはすぐ気が合って親しくなりました。小学校時代は遠くから眺めるだけの存在だった真田は口数少なく穏やかで、いつもニコニコしていて一緒にいてもまったく気を遣うことはありませんでした。

真田はよく私の家に遊びに来ました。大きな身体でひょっこりやって来て、玄関先の部屋でいびきをかいて昼寝をするほど遠慮のない付き合いとなりました。私が不在でもやって来て母と話し込んだりしていたようです。

巡業の合間に二人で浅川の河原に畑や防空壕を作ったこともありました。真田が自宅から鍬《くわ》を持ってきて暁橋の下を開墾し小松菜の種などをまきました。けれど大雨で一夜にして流されてしまい、がっかりした記憶が残っています。

それからまもなく私は召集令状が来て浜名海兵団へ出征しました。

終戦後、私は買い出しの日々、真田は巡業の日々でした。真田は双葉山道場へ移籍し、のちに巡業中の双葉山の逸話などを聞かせてくれました。

昭和二十一年の秋、「木戸銭《きどせん》はいらないから出てこいよ」と真田から久しぶりに連絡があり、国技館で開催される秋場所の千秋楽に招待されました。当時の私は日々の生活が精一杯で世の中の情報にも疎く、初めての大相撲観戦にワクワクしているだけでしたが、この秋場所は東京大空襲で焼失した国技館が戦後改装されて初のこけら落としの記念場所だったと大分経ってから知り、真田の心遣いを感じました。

　国技館では真田が親方に、

「頼みます！」

　と頭を下げながら声をかけると、なんと私が連れていかれた席は桟敷《さじき》のすばらしい席でした。この秋場所は当時大人気の力道山が新入幕に昇進した場所だったこともあって、観戦している人々は土俵に向かって、

「力道！　力道！」

　とそれは物凄い歓声をあげていました。力道山の印象が強すぎて三段目の真田の取り組みのことはすっかり忘れてしまいました。

　真田は新十両に進んだ際に四股名を出身地の郷土名をとって吉田川へ改め、左四つからの寄りや押しを得意手として、昭和二十五年には新入幕を果たし活躍しました。三十歳を前に廃業しプロレスに転身しましたが、プロレスはそう長くは続けず引退しました。

　国技館に招待されたのちは付き合いも途絶えてしまい、それきりになってしまいましたが、先日娘がインターネットで「吉田川」を検索したところ、富士山があしらわれたまわし姿の吉田川の画像が出てきました。もちろん白黒の画像ですが、七十年も前の人物がいとも簡単に検索できるインターネットとはすごいものだと驚きました。

そのまわし姿の吉田川は当時の面影そのままで何とも懐かしく、あの時の「頼みます！」と頭を下げてくれた光景が蘇《よみがえ》ってきて「生きていれば九十歳、どうしているかなぁ」と遠い昔に思いを馳せました。

八高線の大事故

昭和二十二年二月二十五日の早朝、食糧の買い出しに行く人で超満員の八高線高崎行列車が高麗川あたりで麦畑に転落するという大事故がありました。死者二百人余り、負傷者五百人余りの大事故でした。

この日は栄ちゃんと尾崎君の三人で八高線を使って埼玉へサツマイモを買い出しに行く予定で、まさにその列車に乗ることにしていました。ところが私たちが八王子駅に着いた時にはすでに列車は出発した後でした。

私たちは行き先を変更して中央線に乗り、上野原に炭の買い出しに行きました。いつも通り買い出しを済ませて「一斉がなければいいな」などと話しながら八王子駅に戻って来ると、改札を出たところの広場は黒山の人だかりで、壁には負傷した人の名前と住所が記載された紙がダァーッと貼り出されていました。負傷者は八王子の人も多く、黒山の人だかりは安否を気遣う家族でした。

大事故のことを知り、自分たちは乗り遅れたために助かった、良かったと胸をなでおろしましたが、同級生が一人この事故で亡くなりました。

最後のジャガイモの買い出し

大事故の後、八高線はすぐに復旧しました。

六月に入って栄ちゃんと二人で八高線の終点の群馬藤岡へジャガイモの買い出しに行きました。農家で一俵ものジャガイモを物々交換することができましたが、現在の単位にすると五十キロものジャガイモは二人で分けても二十五キロ、その上かさもあり重くて重くて、一回座ると立てなくなるので、帰る道々疲れてくると畑の斜面を利用して立ったまま寄りかかって休み、フラフラしながらやっとの思いで帰って来ました。

私の食糧の買い出しはこの時を最後に終わり、以後は時々炭の買い出しに行く程度になりました。長兄と次兄亡き後、何とか家族を支え苦しい時期を乗り切ることができました。

青年会と雄慶楽会

昭和二十一年の後半になると、町内で青年会が結成されました。男女を問わず二十名ばかりが参加して、私にとっては遅れてやって来た青春時代の始まりでした。

会は頻繁に行われ、新年会や忘年会はもちろんのこと、拍子木を打ちながら「火の用心」と夜回りをしたり、百人一首の会も催されました。町内に簡単な舞台を作って現代で言うところのイベントを行ったこともあり、芝居・歌・芸などを順番に披露すると、集まった観客は大喜びで拍手喝采でした。私は芝居で脳病院の院長の役をやりましたが、何とも楽しかったです。ハイキングや山登りにも出かけ、箱根や軽井沢まで足を延ばしました。今ではその思い出話のできる相手は誰一人いなくなってしまい寂しい限りです。

何年か経って青年会の人数が少なくなってきたため有志で継続させることになり、その会の名前を私が「雄慶楽会」と命名しました。「おけらかい」と読みます。読んで字のごとく「雄大で喜びと楽しみにあふれた会」という意味ですが、この名前は非常に好評で、友人の知識人のお父上に褒められて気分を良くしたことを覚えています。雄慶楽会のメンバーは生涯の友となりました。

百人一首

私は尋常小学校の三年生の頃から読書が大変好きでしたが、当時は百人一首も好きで、毎年お正月にはよく近所の子供たちと競技して遊んでいました。教えてくれたのは三軒裏の酒井さんのおじさんでした。酒井さんには二人お嬢さんがいて、近所の子供たちを集めてはおじさんが詠み手となり、子供たちが札をとって楽しんでいました。

太平洋戦争が始まるとそれどころではなくなりましたが、終戦後は百人一首の会があちこちで催されるようになり、私も参加することたびたびでした。

昭和二十四年の初め頃だったと思いますが、毎日新聞主催の三多摩百人一首大会が立川で開催されることを新聞で知り、応募しました。

当日一回戦で対戦したのは同じ歳くらいのとても綺麗な女性で、私はあがってしまって見事に負けてしまいました。一回戦で勝ったらAブロック、負けたらBブロックと二ブロックに分かれて競技をしました。その後は順調に勝ち進み、私はBブロックで優勝しました。

娘と息子にも小学校中学年になった頃から教え始め、私も酒井さんのおじさんがしてくれたようにお正月には娘と息子、親戚の子供たち、近所の子供たちを集めて百人一首の会を開いていました。今でも時折姪っ子が訪ねて来ると当時の話になりますが、楽しい思い出として残っているようです。

最近になって孫のまーくんが百人一首に興味を持ち始め、何度か娘と対戦しました。私はさすがに百歌すべては覚えていませんでしたが、詠み手となって楽しむことができました。孫の成長も嬉しく感じました。

第四章　昭和二十三年〜三十三年

独立

昭和二十三年頃から八王子市内の織物業は徐々に復活し始め、戦前までの男物や銘仙に変わり「加比丹《かぴたん》」と呼ばれる異国的な色合いを持つ織物や、現在は八王子の伝統工芸品の一つとなっている「多摩結城」が製造の主流となっていきました。

私の織機《しょっき》の仕事も二年余りが経過し、一人で材料調達から製造まで できるようになっていたので、そろそろ独立しようと考え始めました。

当時の八王子市内には織物業以外の仕事はほとんどなく、近隣の大手の企業は終戦とともに解散しており、公務員は給料が安いと聞いていました。そんなわけでサラリーマンになるという考えはまったくなく、どこか場所を確保して織機の製造と修理の仕事を始めようと考え石庫《いしくら》の旦那に相談に行きました。

浜名海兵団から復員した際に一度顔を出して以来ご無沙汰していましたが、石庫では終戦当時に開いていた木工所を閉鎖して、二台の織機を稼働して織物を始めていました。

この時、旦那の片腕となっていたのは木工所で働いていた諸星さんでした。諸星さんは私の二歳年上で、甲種予科練出身で戦争中は秋田の海軍学校の教官をしていたそうです。

有能な仕事ぶりが買われて旦那に目をかけられ、木工所の閉鎖後も石庫に残って働いていました。数年後に旦那の次女の輝子さんと結婚することになります。

旦那に織機を製造・修理する仕事を始めたいと考えている旨を伝えると、

「うちでもさらに二台織機を増やして稼働させるから、空いている工場を好きに使ってもいい代わりにうちの織機の面倒も見てほしい」

と工場を無料で使用することを快諾してもらうことができました。

それからは石庫の工場を借りて新しい織機の製造や修理を一人でする傍ら、現代でいうところの石庫の織機のメンテナンスをする日々となりました。

石庫《いしくら》へ就職

織物が復活過程にあったことで、新しい織機《しょっき》の受注はすぐにとることができました。手金を貰った上で材料を調達し、一人で完成させて受注工場に納めました。

半年ほどして三台目の織機の納めが済んだ頃、昭和二十四年二月の寒い日に旦那が外出先で脳溢血《のういっけつ》で倒れました。重度の脳溢血ではなく意識もあったので自宅療養となり、かかりつけ医の須藤先生が数日置きに往診してくれることになりました。

私が石庫で小僧をしていた時に監督をしていた深井さんも知らせを聞いて駆けつけました。深井さんは私の十歳ばかり年上で、横須賀海軍から復員してからは旦那の木工所を経て自らも織物業を始めていました。深井さんから、

「旦那がこんなことになってしまったから、この際織機の仕事はやめて石庫で織物の面倒を見てやってくれないか」

と相談を持ちかけられました。織機の仕事の先行きを考えるとそう遠くない時期に下降するだろうと感じてもいたので、私は深井さんの勧めに従うことにしました。石庫は営業が諸星さん、工場が私という体制になりました。

当時の石庫では織機が四台に女工さんが二人で、織っていたのは銘仙です。多摩結城はこの時期の石庫の規模では技術的に織ることはできませんでした。私は織機の調整や修理はもちろんですが、女工さんが織り始める前の経糸《たていと》を織機にセットする織りつけの作業にはじまり、諸々の作業の指導と監督をしていました。石庫の小僧時代と野田さんの織機の修理の仕事をしていた時代に、見よう見まねでこれらの織物の一連の作業はすべて身につけることができていました。

旦那はしばらく臥せっていましたが、徐々に回復していきました。

ガチャマン景気と美多摩御召《みたまおめし》

昭和二十五年に朝鮮戦争が始まると、朝鮮特需の影響で「ガチャンと機《はた》を織れば万の金が儲かる」という「ガチャマン景気」に入りました。

織物の使用原糸が生糸からウールや人絹に転換されてきたことと、広幅織機《しょっき》の普及もガチャマン景気に拍車をかけました。石庫《いしくら》で織っていた銘仙もこのガチャマン景気のおかげで回復軌道に乗りました。

しかしながら、世間の人々が大量生産された銘仙に飽きてくると、次第に銘仙の需要は下降し始めました。そこで旦那は自ら新しい織物を開発しました。石庫の旦那は営業力もさることながら、何よりも織物の技術とセンスが抜群にすばらしい人でした。

のちに「美多摩御召《みたまおめし》」と名付けられたこの織物は、緯糸《よこいと》を「ダブルカベ」という手法で撚《よ》った糸で織ることによって織物の表面に「しぼ」と呼ばれる細かい波状の凹凸を出して縮《ちぢみ》織《お》りに似た風合いに仕上げ、柄は紋織りで出すという、それまでにない新しい織物でした。色目や紋の柄は消費者の年代に合わせて多種考案しました。

大手の買継問屋《かいつぎどんや》の久保田に新しく開発した反物を見てほしいと連絡すると、番頭が二人

で試織品を見に来ました。試織品を手にした番頭は大変感嘆して、銘仙の価格が一反千円くらいのところ、

「これなら二千五百円でいくらでも買い取る」

と、その場で取引が成立しました。旦那はすぐさま私の所へ来て、

「利どん、新しく開発した反物は二千五百円でいくらでも取引できることになったからジャンジャン織ってくれ」

と大喜びでした。

銘仙には飽きたけれど多摩結城は高額過ぎて手が出ないという消費者にぴったりの商品となったことで美多摩御召は爆発的に売れ、何軒もの大手の買継問屋と取引するようになって、日本各地に「石庫の美多摩御召」が出回っていきました。

模倣する業者も出てきて、下降気味だった八王子織物の起死回生の手助けとなりました。けれども旦那が編み出す組織のような優美なお召風の糸使いや色目の風合いは、どこの業者もなかなか真似することはできませんでした。

石庫では織機と女工さんの数もどんどん増え、この頃になると織機は十二台、女工さんは八人に増えていきました。

父の老後

石庫《いしくら》の当時の給料ははっきり覚えていませんが、公務員の二倍くらいだったと思います。私の給料は、自分のわずかばかりの小遣いを除いてすべて母に渡して家計費となっていました。すぐ下の弟と妹は働きに出ていましたが、

「いずれは家を出て所帯を持つ者だから、二人の給料は当てにしないで生活した方がいい」

と母に伝えて、私の稼ぎで何とか生計を立てていました。とはいえ二人とも自分の食い扶持くらいは入れていたかもしれません。

終戦から数年後には父は富士電機を定年退職していました。退職後は当時「ニコヨン」と呼ばれていた公園や道路の清掃の日雇い仕事をして小遣い稼ぎをしていました。「ニコヨン」というのは日当が百円二枚と十円四枚の二百四十円だったことからそう呼ばれていたようです。

父は戦争で二人の大切な息子を失い、これまで懸命に働き続けてきた人生だったので、この先はのんびり暮らしてほしいと私は思っていました。ニコヨンの稼ぎはすべて父の小遣いに充てていました。

晩年は濁酒《どぶろく》を失敗を重ねつつこっそり作り、私や私の友人にふるまって嬉しそうにしていました。子煩悩なところもあって、三兄の二人の娘を映画に連れて行ったりして可愛がっていました。パチンコも好きで、ご近所さんにいただいたパチンコ台でよく遊んでいましたが、仕事から帰ってその音がうるさいと怒った五男と喧嘩になり、パチンコ台を壊してしまうという短気な一面もありました。

父と母の関係

父は几帳面な人で、パチンコの勝ち負けの金額なども日頃から持ち歩いていた手帳にきちんと記して小遣いの貸借を合わせていました。一方母は正反対で、細かいことは気にしない人でした。

ある日、手帳を見ていた父が小遣いの残金が足りないと言い出し、「おかしい、おかしい」と弟や妹も一緒になって探していましたが、しばらく経ってから、

「私が抜いたわよ」

と母が悪びれる様子もなく言うので、

「まったくお前は……」

と父があきれていましたが、父と母はそんな関係の夫婦でした。

ライスカレー

石庫《いしくら》で一日の仕事が終わると、旦那が夕飯を食べていくように誘ってくれることが時折ありました。そんな時は、

「利どん、秀子が美味しいライスカレーを作るから食べていけ」

と声をかけられるのでした。

秀子さんは旦那の三女で、私よりいくつか年下でしたがとても明るく気さくなお嬢さまで、私は「秀子ちゃん」と呼んでいました。当時はカレーライスのことをライスカレーと言っていて、我が家の食卓には出てくることのない珍しいご馳走で大変美味しくいただいていました。

夕飯の後には将棋を指すのが恒例で、旦那と指す将棋は温かく楽しい時間でした。何番指しても旦那は強くてなかなか勝つことができませんでしたが、おかげで将棋は私の趣味となり、将棋を通じての友人もたくさん持つことができました。

ペニシリン

私は子供の頃から鼻が悪くて、冬になると両方の鼻がつまって呼吸ができないほど苦しい時もありました。耳鼻科で治療を受けても薬を飲んでもまったく良くならず、日野で評判のお灸をしてもらっても効果はありませんでした。

石庫《いしくら》のおかみさんの実家がある安孫子へ織機《しょっき》の修理に出向いた時のことです。修理が終わって団らんしながら食事をごちそうになっていると、私の様子を見ていた奥さんが、

「失礼だけど髙橋さんは鼻が悪いでしょう。うちの息子が外国から入ってきたペニシリンという薬を打ったらすっかり良くなったので、髙橋さんも薬局で買って試してみたらどうでしょう」

と教えて下さいました。

帰るなり早速八王子の薬局で購入しました。当時はペニシリン液と注射器がセットになっていて安価で購入することができました。

奥さんの言葉が頭から離れず、藁《わら》にもすがる思いで臀部に注射すると、一時間後くらいにそれまで経験したことがないような強烈なくさい尿が出ました。これが驚くばかりに効

いて、以来九十になるこの歳まで鼻がつまったことは一度もありません。すっかり治ってしまいました。

鉄砲水

青年会の十名ほどで奥多摩の氷川渓谷にキャンプに行ったことがありました。

弁天橋の下の河原にテントを張ったのですが、その辺りは下流で砂利の集積をするために、上流で堰《せ》き止めていた水を夜になって放流する「鉄砲流し」があることを私たちは知りませんでした。

食事も済んでテントで寝る者、酒を酌み交わしながら話し込む者、チョロチョロと流れる川を挟んで両岸に分かれていました。

私は山口君と西山君の三人で話し込んでいました。すると十時過ぎだったと思いますが、ゴーッという轟音が聞こえてきたので上流を見ると、堰き止められていた水が高さ数メートルの鉄砲水となって押し寄せてくるのが見えました。

対岸のみんなはまだ気づいていない様子で、慌てた私たち三人が大声で騒いで手振りで知らせ、双方が後方の絶壁を大急ぎで登り始めました。月明かりの届かない真っ暗闇の中を、木の根をつたい草の蔓《つる》を掴んで早く早くと気持ちばかりが焦りながら必死に登りましたが、ゴロゴロパラパラと落ちてくる石や砂利が頭に当たり、ズルッとずり落ちて靴は脱げてしまいました。とにかく必死で懸命に登り切り、やっとの思いで道路に出、弁天橋を渡って対岸のみんなと合流して無事を確認し合いました。

「助かった」という安心感から、皆一様に口数少なくそれぞれが神妙な面持ちでした。弁天橋から河原を見下ろすと、凄まじい勢いで鉄砲水が音を立てて流れていました。

その場で夜が明けるのを待ちました。飯盒などのキャンプの備品はすべて流され、靴を失った私は裸足で帰って来ました。死ぬかもしれないと味わった恐怖は、浜名海兵団で艦砲射撃を受けた時に匹敵するほどのものでした。

工場を造る

石庫《いしくら》の美多摩御召《みたまおめし》の生産が順調だったことで、日々の生活も穏やかに過ぎていきました。私は二十代後半になっていました。将来のことを考える歳になり、自らも工場を持って織物業を始めようという意欲が湧いてきました。

そこでまずは自宅の裏の物置小屋を改造して工場を造ることにしました。瀬川の親父さんと友人五人ほどに手伝ってもらって完成させました。

ところが借家だったもので、地主の差配から「とんでもないことをしてくれた」と苦情が入り、どうしたものかと困っていると、父が差配に行って話をつけてきてくれました。どのような話で折り合いがついたのかは父も言いませんでしたし私も聞きませんでしたが、幾つになっても父親とは頼りになるものです。

それから石庫の仕事の合間に織機《しょっき》を二台製造して工場に設置し、最後に動力を引きました。これらに要した代金は両親に用立ててもらいました。末の妹の正子が二十歳ほどになっており、働いていた機屋《はたや》を辞めて家にいた時期だったので手伝ってもらい、小門町の小島織物の賃機《ちんばた》を始めました。賃機とは、大手の機屋（親機《おやばた》）から糸などの材料を受け取り、賃金を取って機を織ることです。

日本刀

物置小屋を改造して工場を造っている時、屋根の梁《はり》の隅っこから、麻布で包まれ端から端まできっちり紐で頑丈にギリギリ巻きにされた、細長く重たい品物が出てきました。何だろうと開けてみると、出てきたのは白鞘《しろさや》に収められた長さ五十センチほどの日本刀でした。

「こんなところに親父が隠していたのか」とその日本刀のことを思い出しました。その日本刀は私が小川さんのふーさんから戦後に貰ったものでした。

小川さんはお向かいさんで家族ぐるみの付き合いをしていました。親父さんは木材の仕事をしており、長兄が戦死した際には立派な角塔婆を作ってくれました。私が出征する際の写真撮影に国民服を貸してくれたのも小川さんでした。長女に男子二人の三人きょうだいで、私は一つ年上の次男のふーさんと幼馴染で親しくしていました。

ふーさんは戦後ヤミ市に出入りするようになってから極道の道に入ってしまい、刺青も彫っていました。刺青の一部には「ひょっとこ」が描かれていました。ある日、「手に入れた日本刀の切れ味を試したいから一緒に安土山《やすど》に行こう」と誘われ二人で出かけました。ふーさんは二本の日本刀と六連発のピストル一丁を持って来ました。今思うとずいぶん物騒な話です。

ふーさんは私に神主が護身用として所持していたという短い方の脇差を貸してくれました。「こうやるんだ」と教えられるままに竹を切ってみると、まさに時代劇によくあるシーンのように本当に凄い切れ味で、刀を振り下ろした瞬間にスパッと竹は切れ、バサッと地面に落ちました。

何本か試してから帰る道々、ふーさんが「やるよ」と言ってくれたのでした。貰った脇

郵便はがき

料金受取人払郵便

新宿局承認

1409

差出有効期間
2021年6月
30日まで

(切手不要)

160-8791

141

東京都新宿区新宿1－10－1

(株)文芸社

愛読者カード係 行

お名前《ふりがな》		明治 大正 昭和 平成 年生 歳
ご住所《ふりがな》	□□□-□□□□	性別 男・女
お電話番号	(書籍ご注文の際に必要です)	ご職業
E-mail		

ご購読雑誌(複数可)	ご購読新聞 新聞

最近読んでおもしろかった本や今後、とりあげてほしいテーマをお教えください。

ご自分の研究成果や経験、お考え等を出版してみたいというお気持ちはありますか。

ある　　ない　　内容・テーマ(　　　　　　)

現在完成した作品をお持ちですか。

ある　　ない　　ジャンル・原稿量(　　　　　　)

書　名				
お買上 書　店	都道 府県	市区 郡	書店名	書店
			ご購入日	年　　月　　日

本書をどこでお知りになりましたか?

1.書店店頭　2.知人にすすめられて　3.インターネット(サイト名　　　　)

4.DMハガキ　5.広告、記事を見て(新聞、雑誌名　　　　)

上の質問に関連して、ご購入の決め手となったのは?

1.タイトル　2.著者　3.内容　4.カバーデザイン　5.帯

その他ご自由にお書きください。

(　　　　)

本書についてのご意見、ご感想をお聞かせください。

①内容について

②カバー、タイトル、帯について

弊社Webサイトからもご意見、ご感想をお寄せいただけます。

ご協力ありがとうございました。

※お寄せいただいたご意見、ご感想は新聞広告等で匿名にて使わせていただくことがあります。

※お客様の個人情報は、小社からの連絡のみに使用します。社外に提供することは一切ありません。

差は無銘でしたが「無銘に偽物なし」と言われるくらいですから、それなりの価値のある刀だったと思います。

　自宅へ戻り誰にも言わずにタンスにしまっておくと、いつの間にか見つけた父が物騒だからと隠したのですが、すっかり私も忘れていました。工場から日本刀が出てきたという噂を聞きつけて訪ねて来た何人かの友人に見せてから、再び工場の屋根裏の奥にしまい込みました。父には言いませんでした。

　昭和四十二年頃、警察に登録するために再び屋根裏から出しましたが、まったく錆《さ》びることなく保存されていました。登録が済んでからは登録証と共に自宅の押し入れの奥にしまいました。

　ふーさんは極道の喧嘩で殺傷事件を起こし死刑判決を受けましたが、恩赦で無期懲役になり服役して戻って来ました。挨拶に来たふーさんに母が、

「あんな馬鹿なこと二度としないで、これからは真面目に生きな」

　と言うと、

「分かってるよ、おばさん」

　と言っていたのを覚えています。

　ふーさんは極道の世界に入ったことを悩んでいたのか、昭和三十五年頃に日暮里で飛び込み自殺をしました。ふーさんであることが特定できたのは刺青に描かれた「ひょっとこ」

でした。

昭和二十年にふーさんから貰ったこの日本刀は押し入れの奥で眠り続け、四十年後に大変役に立つことになります。

栄太郎さんと諸星さん

石庫《いしくら》の旦那には跡取り息子がなく娘ばかりの四姉妹でした。そのため長女の富乃さんがおかみさんの実家の親戚筋から栄太郎さんを婿養子として迎え入れていました。栄太郎さんは教師をしていましたが、結婚後しばらくして石庫に入り旦那と共に経営に携わるようになりました。

諸星さんは次女の輝子さんと結婚していましたが、栄太郎さんが跡取りとして石庫に入ったことから経営からは身を引き、先々はサラリーマンになるか、当時八王子で急速に生産が拡大してきていたネクタイを始めるか迷っていました。

栄太郎さんは「栄さん」、諸星さんは「諸さん」、私は「利さん」と呼ばれ、自宅にも行き来して親しい間柄となりました。

石庫では美多摩御召《みたまおめし》と並行して再び無双袴の着尺の製作も始めるようになり、織機《しょっき》はフル回転していました（着尺とは、大人物の和服一着分の反物のことです）。

旦那の死

昭和二十八年秋、美多摩御召《みたまおめし》がまだ最盛期のさなかに旦那が再び脳溢血で倒れました。座敷でメーター通しの作業をしている最中のことでした。おかみさんの叫び声が聞こえたので何事かと行ってみると、旦那が口から泡を噴いて苦しそうに倒れていました。驚き慌てて須藤先生に電話をかけ、諸星さんを自宅に呼びに行きましたが留守で、私はいても立ってもいられず須藤先生を迎えに大急ぎで自転車を走らせました。

須藤先生の診察を皆が固唾を呑んで見守りました。診察を終えて帰る須藤先生を玄関先まで送り、

「旦那は大丈夫でしょうか」

と聞くと、須藤先生は首をかしげて、

「うーん、ちょっと難しいかな」

と返答されました。その言葉通り、旦那は意識が戻ることなく数日後にはこの世に別れを告げました。

倒れる数日前に糸屋と志賀高原へ旅行に出かけ、倒れた前日は旅行から帰宅して「景色がすごく良かった」と土産のタオルと共に旅行の話を楽しげにしてくれたばかりだったので、あまりの突然のことににわかには信じられない気持ちでした。

石庫《いしくら》のその後

大きな柱だった旦那が亡くなり、誰もが悲しみとともに不安な思いに包まれていました。

葬儀の際、私はおかみさんのお義兄さんの海老原さんから、

「髙橋さん、この先石庫の経営はどうしたものだろう」

と問われ、

「栄太郎さんは石庫で経営を始めてまだ間もないので、一人ではちょっと荷が重過ぎるんではないでしょうか。諸星さんと両輪で経営するのがいいと思います」

と正直に伝えると、海老原さんもそう考えていたとのことで、結局旦那亡き後の石庫は、長女と次女の婿である栄太郎さんと諸星さんの共同経営になりました。

買継問屋の倒産

旦那が亡くなる少し前に朝鮮戦争の休戦協定が結ばれ、次第に日本経済は不況へと入っていきました。八王子織物にも大きな影響が出始め、昭和二十九年に入ると買継問屋が相次いで倒産する事態となりました。

石庫《いしくら》では取引している買継問屋が倒産することを懸念して、取引の大半を大手の向山という買継問屋に集めていました。ところがこの「向山なら大丈夫」と評判だった買継問屋が突然倒産をしたのです。まさか……と言っても時すでに遅し、大変なことになりました。

向山の倒産により連鎖倒産する織物工場や下請業者が続出しました。

「石庫はどうなるのだろう」と周囲が心配する中、栄太郎さんは、

「石庫の信用に関わるから」と、下請け業者が持参した単名手形をすべて受け取り支払いを始めました。

すると貰うものを貰った下請け業者たちは「もう石庫も危ない」と読んで、手のひらを返したようにそっぽを向き取引をストップしてきました。

石庫には相当な資産がありましたが、あれよあれよという間に苦しい状況に追い込まれ

ていきました。私は経営に携わっていなかったので内情がよく分からず、女工さんたちと共に成り行きを見守るしかありませんでした。

石庫《いしくら》の倒産

まもなく諸星さんは「共倒れになるから」という理由で石庫から身を引き、自宅に石庫の工場から最新の鉄製織機を含む二台の織機《しょっき》を運び込んでネクタイ生地を織る仕事を始めました。

残った栄太郎さんはそもそもが教師をしていた人で、織物や商売に関しての知識や経験が不足していました。加えて真面目な人柄だったことから、大手の織物工場に石庫の織機を買い取って貰って業者への支払いに充てたり、下請けに出していた作業を自らするなどして頑張っていました。けれど十二台あった織機は四台に減るまでに石庫の経営は逼迫《ひっぱく》していきました。

そして支援者もなく、この苦境を乗り切る方策をアドバイスしてくれる人もなく、数か月後にはあれほどあった石庫の資産はあっという間に底をつき、とうとう昭和三十年に不渡りを出して倒産してしまいました。土地も家屋も織機もすべて差し押さえられ、石庫は旦那の死を境に崖から転げ落ちるように衰退してなくなってしまいました。

おかみさん

栄太郎さんは伝手を頼りに公務員となり、市内の公営住宅に移り住みました。おかみさんも栄太郎さん家族と一緒でした。

おかみさんは安孫子の大きな糸屋のお嬢様で、結婚後もずっと旦那に守られ裕福な奥様生活をしてきました。そんなわけで近所に親しい友人もなく、旦那に先立たれてからは私の家によく来て、母とお茶を飲みながら楽しそうに話していました。

おかみさんはとても優しい人柄で、人を叱ったり怒ったりしたところを私は一度も見たことがありませんでした。石庫に小僧で入った時から大変よくしてもらっていただけに、晩年の姿には寂しさを感じずにはいられませんでした。

おかみさんは昭和の終わり頃に亡くなりました。

諸星さんとの付き合い

諸星さんが石庫《いしくら》を出てネクタイを自宅で始めた際に織っていたのは簡単なネクタイ地やプリント用の白生地でしたが、諸星さんは織物に関しての知識や技術がなかったため、私が知人の織機屋の澤井さんを紹介してネクタイ地の稼働ができるように手助けしました。ところがいざ稼働してみると、どうしてもプリント用の白生地を綺麗に織ることができず、新たに始めたネクタイの裏に付けるブランドネームタグも鉄製織機でしか織れない製品で手こずっていました。困った諸星さんは私に手伝ってほしいと依頼してきました。ちょうどその頃に石庫が倒産しました。

タイミングよく職を失った私に諸星さんは「今後は一緒にネクタイでやっていこう」と誘ってくれ、そのために差し押さえられる前に諸星さんが所有者となっていた織機《しょっき》を二台、私の工場に設置することになりました。私の工場には自分で製造した織機二台と近所の森さんからいただいた織機一台が入っていましたが、工場は四台のスペースしかなかったので、自分で製造した一台を処分して計四台としました。

まず私がやらなければならないのは、諸星さんの織機で白生地とブランドネームタグをスムーズに織れるようにすることでした。ネクタイのプリント用の白生地は絹より太いアセテートという糸を使用して厚地に織らなければならないため、それまでの織物と同じ織り方ではところどころに縦にキズが入って商品としては成り立たず、キズ物扱いとなっていました。このキズは、筬《おさ》に糸が引っかかってこぶができて糸が切れてしまうのが原因でした。

ブランドネームタグは文字を織り込むので、神経を遣う大変細かい作業でした。私は連日試行錯誤を重ねました。諸星さんは私の自宅を訪れ、父に、

「利さんに今頑張ってもらっている白生地の織りがスムーズにできるようになったら、ネクタイで儲けることができますよ」

と話していて、私もその気になっていました。

そして失敗を重ねた末に、経糸《たていと》の通る筬《おさ》羽の間隔と糸の本数を調整し、スムーズに白生地が織れるそれぞれの数値の組み合わせを発見しました。それからは驚くほどスコスコと白生地を織ることが可能になりました。これは私が長年積み重ねてきた技術の成果に他なりませんでした。

私の工場の四台の織機で織る白生地は諸星さんで捌《さば》いてくれることになり、私は新たな仕事が見つかってホッとしました。早速四台の織機を苛性ソーダで丁寧に掃除して、いつでも白生地を織り始められるように準備万端整えて諸星さんの自宅を訪ね、

「綺麗に掃除していつでも稼働できる状態になった」

と伝えると、

「利さん、悪いが今は空気が悪いからちょっと待ってくれ」

と諸星さんは白生地の生産を保留にしてきました。新たな仕事が見つかったと安堵していただけに複雑な気持ちでしたが、そのようないきさつで諸星さんと共同でネクタイを始める話はなくなり、私たちは別々の道を歩んでいくことになりました。

それ以来長い付き合いとなりましたが、私と諸星さんは互いの足りない部分を埋める持ちつ持たれつの関係として生涯付き合いました。

数年後に諸星さんがネクタイと並行して始めたウール着尺は私が賃機《ちんばた》で織りましたし、技術面で困った時は私が助けました。一方、私が運用資金の借金をする際の保証人はいつも諸星さんで、緊急の出費の際なども助けてもらいました。

プライベートでも、生まれたばかりの娘が産院を転院する際の移動に車を出してもらったり、ご子息の結婚式に招待していただいたりと、数々の親交を重ねてきました。晩年になってからは夫婦で互いの家を訪問することもあり、深井さんを交えた夫婦三組で旅行に出かけたこともありました。

今は亡き諸星さんを想う時、彼は私の人生の忘れられない友人の一人であったとほのぼのと感じ、私自身も若かった日々を懐かしく思い出します。

新たなスタート

職を失ってからの数年は、記憶がはっきり残っていないくらい忙しい日々でした。仕事にかかわらずさまざまなことがありました。

まずは工場の四台の織機《しょっき》を稼働して収入を得るため、栄ちゃんに山村織物の賃機《ちんばた》を紹介してもらいました。栄ちゃんも私同様に技術畑一筋でやってきて山村織物で働いていました。

この時、四台の織機で織ったのは夏物のみあさ上布でした。完成させて期日に納品すると、当初の契約では二反二百五十円の取引のはずが二百円の契約だったと値切られそうになり、こちらもそれでは困ると主張してすったもんだした挙句、間をとって二百二十五円という取引にされたため、この賃機の仕事は一回で終わりにしました。

ちょうどその頃、近所の金子さんという親方から声をかけてもらっていたよじり込みの仕事を始めました。よじり込みというのは整経された経糸《たていと》を織機に仕掛け、そこまで織りきった経糸と仕掛けた経糸を一本ずつ繋いで再び織り始めるための作業です。織物工場から依頼があると出向いて作業をしました。この仕事をどれくらい続けたかは忘れてしまいましたが、安定的な仕事ではなかったため数か月でやめたように思います。その後、台町の谷川織物という織物工場に転職してサラリーマンをしましたが、新たな織物の仕事話があって辞めることになりました。

ウール着尺のヒット

昭和三十二年頃に、八王子織物では戦後最大のヒット商品となる紋織シルクウールが開発されました。絹織物が主流だった当時に最初にウールお召を開発してこの世に広めたのは京都の「しょうざん」という会社の松山政雄氏でした。それがどういう経緯で八王子に伝わり八王子のヒット商品になったのかは分かりませんが、紋ウール、シルクウール、アンサンブルと新製品が次々に開発され、八王子は日本最大のウール着尺産地となっていきました。「温かくて裏地のいらない着物」というのが宣伝文句で、八王子市内の織物工場はウール着尺の生産で盛り上がり始めました。

さらに昭和三十四年の伊勢湾台風の際には、

「八王子のウールの着物は、水を被っても干すとたちまち乾いてすぐ着ることができた」と被災者に大変喜ばれたことから全国的に有名になり、その勢いは昭和四十三年のピーク時を迎えるまで続きました。

弟の伸吉

末の弟の伸吉は私と十歳違いで、ウール着尺が流行り出した頃は織物のデザインをする意匠の仕事をしていました。

伸吉は長兄や次兄に似て幼い頃から器用な上に絵を描くことがとても上手かったことから、中学を卒業後、原田製紋所に見習いとして入り意匠の技術を身につけました。その後、東芝に就職してサラリーマンをする傍ら、どんどん橋近くの意匠屋の大久保さんで仕事を貰い内職をしていました。

大久保さんは伸吉の仕事ぶりから意匠の腕を買い「東芝を退職して一緒にやろう」と誘ってくれ、しばらくお世話になりました。大久保さんで意匠の技術に磨きをかけ、自信をつけた二十代半ばで独立しました。

大久保さんの姪で当時住み込みで働いていたトメ子さんと昭和三十八年に結婚し、トメ子さんの実家のある山梨に拠点を置いて得意先を増やし、山梨の意匠業界では大変有名になりました。ウール着尺大流行の波に乗り、三十四歳で長房の高台の住宅地に家を建てるまでになりました。

ウール着尺の賃機《ちんばた》

仲吉が大久保さんで働いていた時に、

「取引先の小宮織物がウール着尺の賃機屋を探しているから、兄貴やらないか」と話を持ってきたのがきっかけで私は谷川織物を辞め、自宅の工場でウール着尺の賃機を始めました。

四台の織機《しょっき》を一人で回すことになったため、母と妹の正子に糸返しなどを手伝ってもらって稼働させました。

織り始めると、ウールは絹より太い糸なのに紋織りで見事に柄が織れるので感心しました。仕立てもミシンでできると聞いて、これまでにない新しい製品だと実感しました。

それから複数の織物工場の賃機をして生計を立てるようになりました。

父の死

昭和三十三年の春、朝方母に「とっちゃんがおかしい」と起こされました。前日までまったく具合の悪そうな様子もなかった父がうわ言を繰り返し、まともな会話ができなくなっていました。驚いて、日頃母がリウマチでお世話になっている近所の笹井先生に来てもらい診察を受けると、先生の診断は脳軟化（脳梗塞）でした。

この数か月前から父には痴呆の症状も出ていました。近所を徘徊して知人に連れて来てもらったことが何度かありました。朝起きて父がいないことに気づき玄関に見に行くと、引き戸を開け敷居を両手で掴《つか》んで腰を下ろし、ぶら下がるような恰好でボーっとしていたこともありました。一晩中そうしていたようですが、元来が頑健で頑固だった父のそのような姿を目にすると、かつての元気だった姿が重なって、息子としては何とも寂しい気持ちになるものでした。

回復することなく数か月が過ぎ、九月のお彼岸に妹の嘉子夫婦が訪れ、正子と二人で「お風呂で綺麗に洗ってあげよう」と父を風呂に入れると、どうしたことか病状が悪化して寝たきりになってしまいました。それからはリウマチで手が不自由になっていた母を手伝うため三兄の嫁の澄子さんがたびたび手伝いに来てくれ、正子と父の世話をするようになりました。

父は母の妹たちの世話もよくみる情の厚いところもあったようで、母の妹の叔母たちは知らせを聞いてすぐ駆けつけ、中でも板橋のリヨさんは泊りがけで看病をしてくれました。この叔母は八王子空襲の際にも缶詰などの食糧を持って地下足袋姿で駆けつけてくれたと、浜名海兵団から復員した時に聞きました。

父は脳軟化を発症した時から喉がゼーコーゼーコーしていましたが、亡くなる二、三日前になるとカラカラゴロゴロと喉が鳴るようになりとても苦しそうで、家族は水を湿らせた脱脂綿を割り箸に巻いて喉を湿らせ、少しでも楽になるようにと努めましたが、それからまもなく十月二十五日未明に息を引き取りました、七十歳の生涯でした。

亡くなる数日前に笹井先生から親族を呼ぶように告げられ、父のきょうだいに連絡しました。兄の信一さん、妹のしほさん、未亡人となった弟の孝三さんのつれあいのさきさんが来てくれました。信一さんが「覚は俺をおいて行くのかよぉ」と泣いていたのが印象に残っています。

父が息を引き取った時、私は連日徹夜の看病で疲れて眠っていました。三兄によると、父は亡くなる間際に大きな声を出したそうです。

葬儀は私が施主となり自宅で行いました。まだ若く経験もなかった私は無事に葬儀を執り行うことで頭がいっぱいでした。今思うと戒名のことなど心残りもありますが、貧乏のさなかで大変だった記憶の方が強いです。

父は数年前に知り合いから高尾の土地を紹介されて百坪ほど購入していました。当時の土地の価格は現代のように高くはありませんでした。父は、

「いずれ高尾の土地に家を建て、子供相手に駄菓子屋でもして、畑に果物を植えて育てながら暮らしたい」と話していました。叶えてあげられなかった後悔が残りましたが、私は父が富士電機を退職してニコヨンに出るようになった時、

「小遣いにして好きに使っていいよ」と伝えていたので、それがせめてもの慰めとなりました。父の人生は二人の大切な息子を戦争で亡くし、家族のために懸命に働く人生でした。

父が亡くなってしばらく経った頃、母が遺品を整理していると父の手帳が出てきました。その手帳には、生前私があげた小遣いのお札がすべて使わずにきちんとたたんで挟んでありました。母から、

「お前がくれた小遣いを使わず大事にとっていたんだね」

と聞いて、そんなに嬉しかったのか、と晩年の父の姿を思い出し、

「親父にもっと孝行したかったな」

と、心の中で静かに呟きました。

生姜糖

父の妹のちよさんは、父が亡くなった時は名古屋に移り住んでいました。そのため葬儀には参列せず、少し経ってから夫妻で弔問に訪れました。その際、母を名古屋に遊びに来るようにと招待してくれ、しばらくして母はお伊勢参りの旅行を兼ねて名古屋へ出発しました。私は母に伊勢の生姜糖を土産に買ってきてくれるように頼みました。あの修学旅行の悲しい思い出の生姜糖です。母は帰宅すると、名古屋の親戚に大変歓待された土産話と共に、「お前に頼まれた生姜糖、買ってきたよ」と渡してくれました。母には「ありがとう」とだけ伝えましたが、私には万感胸に迫る思いがありました。

私は伊勢への修学旅行だけでなく、尋常高等小学校の日光の修学旅行や横須賀海軍への遠足など、宿泊行事のすべてに貧しさゆえ参加できませんでした。幼い頃に感じた悲しみや寂しさというのは想像以上に心に残っているもので、それらの思いのすべてが生姜糖に凝縮されていました。

母の差し出した生姜糖を手にした時、私は心の重荷が一つとれた気がしました。

第五章　昭和三十四年〜六十四年

見合い

父のいない寂しい年越しをするとまもなく、近所のクリーニング店のおばさんから私に見合いの話がありました。相手の女性は私の七つ年下、元本郷の加藤織物で女工をしていた妻となるクラ子です。

当時の我が家は母、妹の正子、弟の伸吉の四人家族で、伸吉は働きに出ていましたが、生計は私の賃機《ちんばた》の収入で立てていました。八王子のウール着尺のピットで伸吉に紹介してもらった賃機が順調に稼働し、生活の目処が立ち始めた頃でした。

見合い当日は、おばさんが立会人となってクリーニング店で会が持たれました。

クラ子の第一印象は小柄な人だな、ということでした。晩年クラ子が娘に語ったところによると、この時の私の第一印象はよく喋る人だな、ということだったようです。

何度かデートを重ねましたが、私は見事にすっぽかされたことがありました。待ち合わせの場所で待ちぼうけでした。クラ子が言うには「友人と会っていてうっかり」ということでしたが、破談になりかけた縁談はおばさんの取りなしで大事には至りませんでした。

実は見合いをする前に、私は結婚を前提に女性とお付き合いをしていた時期もありました。クラ子も私のほかに郵便局員との縁談話があったそうです。私たちはお互いに惹かれあっての恋愛結婚の形ではありませんでしたが、これが縁というものなのかもしれません。五十年以上も連れ添うことになるとは、この時は考えてもみませんでした。

新生活

結婚式は昭和三十四年十月十六日、隣の大谷さん宅で行いました。クラ子は実家で花嫁支度をしてやって来ました。実家からの足がタクシーだったか誰かの車だったか、不思議なくらいまったく記憶にありません。

仲人は私側が近所の小野さんで、クラ子側は加藤織物当主の重義さんでした。三三九度の儀式などをやったかどうか、これもまったく忘れてしまいました。荻島写真館で写真を撮ったことは覚えています。出席者は両親をはじめ親戚など十数名でした。新婚旅行は一泊二日の伊豆湯河原への形ばかりの旅行でした。

新生活は狭い借家の家族四人暮らしの中にクラ子が入ってきた状況だったので、新婚生活というよりも和気あいあいみんなで暮らすという感じでした。クラ子は母とも弟妹ともすぐ打ち解けて暮らし始めました。

クラ子と正子は一歳違いの同年代だったこともあり、よく三人で大和田町の焼鳥屋などに出かけました。

クラ子のこと

クラ子の実家は東京都の西の端に位置し、八王子からは二十キロほどの距離にあります。最近は道路が大変良くなって車で一時間もかからずに行くことができるようになりましたが、結婚した当時はオートバイで一時間半くらいはかかりました。

多摩川の支流の秋川の上流にあり、五日市から都道三十三号線をまっすぐ進み、突き当たった本宿を右折して都道二〇五号線のカーブ道を越えて行きますが、その途中には日本の滝百選にも選ばれている「払沢《ほっさわ》の滝」があります。

払沢の滝は結氷することで有名ですが、それほどに四方を山に囲まれた冬の寒さは厳しく、クラ子の実家には暖を取るための大きな囲炉裏がありました。八王子で生まれ育った私はクラ子の実家で初めて囲炉裏にあたり、その暖かさを知りました。囲炉裏は昭和三十年代の終わりくらいまであったように思います。

家のすぐ裏庭からは山へ登ることができ、家の前は道路を挟んで秋川が流れているので川遊びもでき、娘や息子が小学生の頃は、夏休みに長期の泊まりがけで遊びに行くのが恒例となっていました。

義父の清正さんは穏やかな人で、義母のマンさんは家族をまとめるしっかり者でした。クラ子は八人きょうだいの長女で、下に弟三人妹四人がありました。末の弟の悦雄君とは親子ほども歳が離れていました。

クラ子は尋常高等小学校を卒業後一年間の家事手伝いを経て、知人に紹介された加藤重義さんの織物工場で住み込みの女工として働くようになりました。重義さんの織物工場は石庫《いしくら》のような規模の大きな工場ではありませんでしたが、重義さんは人柄が堅い人で中堅規模の織物工場でした。

私と結婚するまでの十数年の女工時代がクラ子の青春時代でした。当時の写真を見ると、一緒に働く女工仲間と楽しく過ごしていたことが伝わってきます。

クラ子は女工時代に洋裁や和裁なども習っていて、元来の手先の器用さもあって何でも自らこなすことができました。習うことが好きで生け花やお習字、晩年は民謡なども習いに出かけ、親しい友人もできていたようです。

結婚してから工場で働くクラ子の仕事ぶりで私が驚いたのは、女工時代に身につけた技術でした。私が働いていた石庫の女工さんたちは私が織機《しょっき》に織りつけた機《はた》を織る作業をするのみでしたが、クラ子は整経もよじり込みも織物の一連の作業はすべて身につけていました。これには私は大変助けられました。

クラ子が来てからの変わったことの一つに三兄のことがあります。三兄は父とそりが合わずに若い頃から家を出、シベリア抑留を経て復員した後も家にはあまり寄りつかずにいましたが、クラ子が三兄と会うたびに「兄さん、兄さん」と声をかけていると次第に三兄は変わってきて、ぶらりとやって来るようになりました。三兄はクラ子の対応がよほど嬉しかったのでしょう。

クラ子はしっかり者で器用に何でもこなせるだけに、自分の考えや意思がとてもはっきりしていました。私も私で我が強いのでよく衝突しました。しかしながら姑である母とのいさかいや身内や近所とのもめ事などは一切なく、振り返ってよくよく考えてみると、やり合っていたのは私だけなのでした。

クラ子は平成二十九年二月十九日、十か月にわたる胃癌の闘病生活の末に八十四年の生涯を閉じました。

テレビ

昭和二十八年頃にはテレビ放送が始まりました。ムラウチ電気店に街頭テレビが設置され、私も自転車で出かけては黒山の人だかりに交じって力道山やオルテガのプロレス中継を夢中になって観ました。

我が家にテレビが来たのは昭和三十四年の夏頃でした。かつてのよじり込み仲間で「覚さん」と呼んで親しくしていた小林さんが、当時は電気店を経営していたことから勧めてもらい、日本電気のテレビを十二万五千円で購入しました。まだ世間一般にはそれほど出回っていない時期で、結婚を前にしていた私には大きな出費でしたが思い切りました。

当時のテレビはブラウン管の大きなもので、チャンネルもダイヤル式でした。家具調に作られていて画面にカバーをかけている家庭もありました。チャンネルを替える時はテレビまで行ってガチャガチャとダイヤルを回します。現在のように、離れたソファーに座ったままリモコン操作でチャンネルが替えられる時代が来るとは夢にも思っていませんでした。

安定した日々

私が結婚した翌年の昭和三十五年一月に、妹の正子が台町で青果店を営む内田さんに嫁入りし、弟の伸吉は昭和三十七年の正月に近所のアパートを借りて独立しました。お付き合いをしていたトメ子さんとは昭和三十八年五月に結婚しました。

工場の四台の織機《しょっき》では、諸星さんをはじめ複数の親機《おやばた》からの仕文を受けてウール着尺を織っていました。この頃の日本は高度経済成長期に入って数年経った頃で、繊維製品はナイロンやポリエステルの開発により好景気を続けていました。終戦以来洋服を着る人が増え着物の需要は少なくなってきていたはずですが、ありがたいことに賃機《ちんばた》の注文も絶えることなく入ってきて生活も安定していました。

母はリウマチを患っていたため糸返しくらいは手伝ってもらいましたが、家事はすべてクラ子に任せのんびり過ごしていました。私とクラ子は朝から晩まで二人でよく働きました。

電話

電話が一般家庭に普及し始めたのは昭和三十年代に入ってからでした。指でダイヤルの数字を右にいっぱいまで回すとジーッと左にダイヤルが戻っていくあの黒電話です。昭和三十七年に我が家でも購入しました。それまでは近所の小野さんや向かいのたばこ屋で借りていました。

電話が開通すると聞いて、いの一番にかけてきてくれたのは西野さんでした。西野さんはクラ子のすぐ下の妹の松江さんのつれあいで、八王子の片倉織物という親機《おやばた》で営業をしていました。私は輝さんと呼んでいました。輝さんはとにかく気持ちのいい人で、義理の弟として生涯のお付き合いとなりました。

真新しい黒電話がリリリン、リリリンと鳴り響き、受話器をとって、

「もしもし」

と言うと輝さんの第一声は、

「兄さん、おめでとう」

という嬉しい言葉でした。何やら照れくさいようなありがたいようなそんな気持ちだった記憶が残っています。さぞかし二人とも弾んだ声だったことと思います。

美津江さん

クラ子が妊娠した頃から、従妹の美津江さんに工場の仕事を手伝いに来てもらうようになりました。美津江さんは母の姪で、妹の正子と同じ歳です。朝九時頃から夕方五時頃まで働いてもらいました。

クラ子と美津江さんはすぐ親しくなって、クラ子さん、みっちゃんと互いに呼び合い気も合ったようです。

昼まで働くとクラ子の作った昼食をテレビを観ながら一緒に食べ、再び工場に入って夕方まで働くという日々でした。当時人気のテレビ番組はNHKの「お笑い三人組」というバラエティコメディ番組で、昼食を食べながら笑い転げて観たものです。当時を思い出すとみんなが若く元気で、ただただ懐かしさが込み上げてくるばかりです。

美津江さんには四年ほど働いてもらいました。まだ独身だった美津江さんですが、うちに来てもらう前は看護婦の経験もあったので、昭和三十六年に娘が生まれた際は仕事の合間によく風呂に入れてもらいました。

現在も大変お元気で、先日我が家へいらした時には娘に当時の話を聞かせてくれました。三歳の頃の娘は、クラ子が工場で働いていると織機《しょっき》の下を器用にスルスルっと這ってくぐって入って来るので、美津江さんは娘が織機のベルトに引っかかってケガをするのではないかといつもヒヤヒヤしながら見ていたという話や、娘はクラ子に促されると大人しくテレビの前にきちんと正座をして「ひょっこりひょうたん島」などの子供番組を観ていたという話など、娘は自分の幼かった頃の様子を知ることができて嬉しかったようです。

娘が「母は昼食にどんなものを作っていましたか」と尋ねて、私と美津江さんが揃ってすぐ思い出したのがカレーでした。まだ肉が高い時代で、魚肉ソーセージを入れてカレーを作っていました。娘が「母はよく魚肉ソーセージの天ぷらも作ってくれてとても美味しかった」と話したりして懐かしいひと時を過ごしました。

美津江さんはその後結婚され、双子のお嬢さんの母となりました。

娘と息子の誕生

娘は昭和三十六年五月に誕生しました。小野のおばさんが「卵に目鼻」と表現した通り可愛らしい赤ん坊でしたが、産院の新しい設備の宣伝のために何日も保育器に入れられるというトラブルがありました。大きな声でよく泣く子でした。敬子と名付けました。

昭和四十年三月には息子が誕生しました。男子の誕生は親にとってはやはりこの上なく嬉しいものでした。靖と名付けました。

靖は生後八か月の頃に熱湯の入ったポットをハイハイしていて倒し、腕に火傷《やけど》を負いました。母と敬子と共に炬燵にあたっている寒い日の朝の出来事で、クラ子は洗濯を干すため目を離したことを悔やんでいたようです。

それ以外は二人とも大きなケガや病気をすることもなく成長しました。生活が楽ではなかったこともあり、私自身は教育などにはまったく関心がありませんでした。最近になって孫たちが塾に通い一生懸命勉強している姿を見ると、当時余裕があったら娘と息子も現在とはまた別の進路の選択肢があったかもしれないとも思いますが、二人とも家庭の状況をよく理解し素直に成長してくれました。

親戚付き合い

私のきょうだいは五人、クラ子の弟妹は七人、結婚と同時に親戚が大分増えました。半分は八王子周辺に住んでいたので親しく付き合うようになり、子供たちも歳が近いので夏休みはキャンプをしたり海へ行ったり、正月には百人一首大会をしたり、親も子もたくさんの思い出を作ることができました。

私は車の運転免許を取らなかったので、出かける時はいつも内田さんや西野さんに乗せてもらいました。娘や息子は当時のことを「叔父さんのおかげで子供時代の思い出が作れた」ととても感謝しているようです。

クラ子の弟妹は情に厚いというか大変愛情深く、すぐ下の弟の兼七さんとは互いの信頼関係が特に強く、自慢の弟の勝君は独身の自衛隊時代も所帯を持った後も、家族揃って年に数回は帰省の途中に我が家に立ち寄ってくれました。長野に嫁いだ孝子さんとも交流は続き、美味しいリンゴが送られてきていました。トシ子さん、シマ子さん、悦雄君は一緒に生活した期間はないと思いますが、成人してからは我が家に泊りがけで来てくれることもあり、私からすると感心する情の濃さでした。トシ子さんとシマ子さんは結婚後も家族で訪ねて来てくれました。

悦雄君は私の母がモンブランというケーキが好きだったもので、来訪時はいつも土産にケーキの箱を提げモンブランを買って来てくれました。母と子供たちは悦雄君が来訪するのを楽しみにしていました。

すぐ下の妹の松江さんは追分に住み、つれあいの輝さんは同業でもあり特に親しい親戚となりました。クラ子も松江さんが近くにいることで心強かったことと思います。

輝さんのご両親とも親しくさせていただき、弟の伸吉とトメ子さんの結婚の際には仲人をお願いしました。

昭和三十〜四十年代

戦争が終わって十年しか経っていないというのに、昭和三十年代に入る頃から私には想像もできなかったようなことが次々と起こりました。

テレビ放送の開始、電話の普及、関門トンネルや東京タワーの建設、新幹線や高速道路、アポロ11号の月面着陸、東京オリンピック、まさに高度経済成長そのものの時代でした。しかしながら一方ではイタイイタイ病、水俣病、ぜんそくなどの公害病が発生し、赤軍派によるよど号ハイジャック事件やあさま山荘事件などの痛ましい事件も起こりました。

昭和四十七年二月に起きたあさま山荘事件の時は、テレビで刻々とその状況が生中継されたため、私とクラ子は仕事を中断して炬燵にあたり、夢中でその状況に見入ったものでした。近所のバイク屋の松本さんはまだテレビが自宅になかったので、事件の経過を知りたくて我が家に来ては一緒になって状況を見守りました。

一匹狼

あさま山荘事件の少し前頃から、八王子の織物業は停滞し始めました。

それは私のように賃機《ちんばた》で生計を立てている者にとっては、先々の深刻な事態を連想させる恐ろしい状況でした。親機《おやばた》からの注文は生産過剰から減少し続け、それまでのような収入は到底見込めなくなってきていました。

敬子は小学生で、靖はまだ保育園に預けていました。

「これからが大変になるというのに、一体この先どうしたらいいのか」

と考えあぐねる毎日となりました。多くの八王子の賃機屋が同じ状況でした。

しかしながら、考えたところで私にできることといえば機《はた》を織ることしかありませんでした。営業というものとは無縁でこれまで来て、一般企業でのサラリーマンも経験がなく各方面へのコネなどまるでありませんでした。結論はただ一つ、長年の経験で培った色彩感覚と技術を基に、何とかするしかないということでした。

そこで自らウールの反物を製作して、買継《かいつぎ》を通さずに安価で売り捌《さば》くことを考えました。誰に相談するでもなく一人で始めました。

まずはデザインです。何しろ初めてのことで何もないところから考えるわけなので、とりあえずは古典的な麻の葉や絣《かすり》などを基本にしたデザインから考え始めました。大手の真似をせず自分の独創で「渋さの中に美しさを感じるようなイメージ」の反物を頭に描き試行錯誤を重ねました。

それから次第にバラエティに富む色柄を何種類も考え出し、弟の伸吉に頼んで意匠を描いてもらいました。伸吉は意匠の仕事で成功し得意先も多かったため、紋紙屋や整理屋などに口利きをして助けてくれました。持つべきものは弟という感じでした。糸は中島ほか数軒の糸屋から安く仕入れました。

走り回って何とか下準備ができるとやれやれとホッとしましたが、息つく暇はなく、工場の空いている織機《しょっき》二台に自分で返した糸を織りつける作業に入りました。

そしていよいよ織機を稼働させて織り始めると、シャーッシャーッとシャットルに入った緯糸《よこいと》が左右に滑るたびに自分でデザインした紋が織りなされ、それはなんとも言いようのない感慨深いものがありました。どこにもない「自分の機《はた》」。それまでの賃機では味わえなかった気持ちです。納得できるまで何度も試織を繰り返し完成させました。クラ子が賃機を織る傍らで私は毎日自分の機を織り続けました。

織りあがった機は整理屋に出し、最後の工程となる仕立ては自分の手作業で芯に巻き付けてすべて仕上げました。仕立て屋に出すと模倣されるかもしれないという危惧もありました。

仕立てあがった反物には、商標名と品質表示を記したラベルを貼らなければなりません。私は以前から自宅の垣根に植えていた山茶花《さざんか》の花が好きだったので、商標名は迷うことなく「山茶花織《さざんかおり》」と命名しました。

早速千人町の印刷所に相談に行き、ラベルの背景や色、山茶花織の字体や大きさなど、さまざま検討して印刷を依頼しました。完成したラベルは私の想像していた通りの渋い色目と味のある文字で大満足でした。

そこからが正念場、売り捌《さば》かなければならないからです。とにかく知人や伝手を頼りに、商品を陳列して売る場所を探しました。

話を持って行くと、ありがたいことに石庫《いしくら》のおかみさんの実家の海老原さんや大家の栗原さん、知人の小森さんが委託販売を引き受けてくれました。

そこからのつながりやら何やらで、数十軒ほど預けて捌いてもらう委託販売所が見つかりました。義妹のフミ子さんとトメ子さんも協力してくれ、近所の知人や友人にたくさん売ってくれました。ひとまず胸を撫で下ろし、お世話になったすべての人に心の底から感謝しました。

公民館や自宅の玄関での即売会もやりました。その際は商標用のラベルを発注した印刷所で即売会用のチラシを作ってもらい、あらかじめ配って当日に備えるなど、できることはすべてやりました。

私は車の免許を持っていなかったので、反物を委託販売所へ運ぶ際はオートバイの荷台に大きな板を載せ、その上に頑丈な段ボールを括りつけて反物を入れて運びました。海老原さんに届ける際には、八王子から千葉の安孫子まで三時間くらいかけて百反もの反物をその状態で運びました。今思うとよくできたと我ながら感心しますが、まだ四十代と若かったことと、生活がかかっているという必死な思いのなせる業でした。

賃機屋をしている多くの友人知人の中でも私と同じことをしていた者は、私が知る限りでは一人もありません。何から何まで自ら走り回ってこなしていた当時の自分は、まさに一匹狼だったとしみじみ思います。

頑張った甲斐あって私の反物はよく売れました。賃機の関係で知り合った楠山さんは大手をはじめとした反物の販売をしていましたが、私の反物もその中に加えてくれました。楠山さんから「どういうわけか大手よりも髙橋さんの反物の方が売れるんだよなぁ」と追加注文が入るたびに、私は胸の内で手を叩いて喜びました。

買継《かいつぎ》を通さず安価で販売したことと、ウールの着物の需要がまだ少なからずある時代だったことも恵まれていました。

こうして数百反を売り捌き、何とか五、六年の苦境を凌《しの》ぐことができたのでした。

オイルショックと就職

昭和四十八年に第四次中東戦争が勃発すると、石油の価格は上昇し日本経済にも大きな影響が出始めました。俗に言う第一次オイルショックです。

紙がなくなる、というデマからトイレットペーパー騒動が起ころと、連鎖して砂糖や洗剤の買いだめなども始まり、スーパーは連日長蛇の列となり、その様子がニュースで報道されました。クラ子も自転車でスーパーを何度も往復して手に入れていました。

オイルショックを機に、長く続いた日本の高度経済成長は終わりを告げ、低成長の時代へと入っていきました。

八王子織物の停滞期は一匹狼で何とか切り抜けることができましたが、世の中の西洋化はもうどうすることもできませんでした。着物の需要は衰退の一途で、織物業は八王子の基幹産業としての地位を失い、このまま織物業を続けていたら生活できなくなること必至でした。

私は織物の仕事が本当に好きでしたが、とうとう外へ職を求めなければならなくなり、新聞の求人広告で良さそうなところを見つけては面接を受けに行きました。

最初に就職したのは父の働いていた富士電機の守衛でした。入ってみるとそこは兵隊上がりの失職を恐れる老人の集まりで、四十代の私は疎《うと》まれ嫌がらせが続いて、我慢する気にもならず辞めてしまいました。十代の時、立川飛行機を辞めた経緯と似ていました。

それからもいくつか転職を繰り返しましたが、どうも縁のある職には巡り合えずにいました。

当時の話を敬子にした時、

「生活がかかっているのに勝手に辞めちゃって、お母さんは怒らなかったの？」

と聞かれましたが、まぁ私もワンマンでしたが、クラ子は「あぁ、そう」と言うだけで、文句を言ったり非難したりすることはまったくありませんでした。

三田北洋

新聞の求人広告を丁寧に見る日々が続いていたある日、大和田町の先に新しくできた三田北洋という食品卸問屋の求人が目にとまりました。市内の狭山屋が移転して新たにオープンするということでした。狭山屋は人使いが荒いとかねてより評判でしたが、とりあえず下見に行ってみました。

求人広告に書いてある仕事内容は、「トラックで運び込まれた荷を捌《さば》いてフォークリフトで倉庫に運び入れ管理すること」となっていましたが、実際に倉庫に行ってみると大きなトラックが途切れることなく出入りしていて、威勢のいい運転手の呼び声がせわしなく鳴り響き、何やら圧倒されてしまい、「こんな所では自分は勤まらない」と感じざるを得ない荒々しい光景でした。フォークリフトを覚えなければならないというのも少々躊躇《ためら》われました。

しかしながらそろそろ就職先を決めなければならない切羽詰まった状況でもあったので、気後れする気持ちをかかえたまま面接を受けてみるとあっさり採用となりました。昭和四十八年の夏でした。

その時何人採用されたか忘れましたが、一緒に入社した中に浅野さんという事務職の同じ歳くらいの女性がいました。浅野さんとはとても気が合って親しくなり、以来夫婦共々お付き合いをするようになり、現在でも親交があります。

八王子市内の賃機《ちんばた》仲間は皆織物を諦めて外に働きに出るようになっていました。仲間の一人である石山さんに自分は三田北洋に採用された話をしたところ、石山さんの兄が三田北洋の冷凍食品部にいると聞いて、世間は狭いものだと驚きました。その石山さんの兄は冷凍食品部の部長をしていて、それ以来社内でも親しく話すようになりました。そんなこともあって、当初の心配をよそに定年までの十数年を三田北洋で働くことができました。

当時は大型スーパーができたことで食品のすべてが一か所で買える便利な時代になり、即席ラーメン、カップ麺、冷凍食品、缶詰、菓子など、一般家庭での需要の拡大に伴い食品卸問屋の三田北洋の景気は頗《すこぶ》る良く、スーパーからの返品などは格安で社員に販売しました。事務をしている浅野さんは掘り出し物があると、

「髙橋さーん、今日は○○が安いわよー」

と事務所から声をかけて教えてくれるので私はそのたびに購入して帰り、我が家はいつも食品には事欠かず大変助かりました。

クラ子が保温式の弁当箱に汁物付きで作ってくれる弁当を持ち、天然記念物のような古いオートバイで毎日通いました。雨の日などは合羽を着て通いました。

フォークリフトは思っていたよりも簡単に覚えることができ、狭いところもスイスイと上手いものでした。トラックの運転手は海千山千の者ももちろんいましたが、親しくなってみると気さくでなかなか気持ちのいいものでした。私と同年代で頭に白いものがちらほらある者もいて、そんな時は優先的に荷物の積み下ろしを融通して感謝されるなど、徐々に倉庫管理を仕切ることもできるようになっていきました。

昼休みには社長をはじめ将棋好きが事務所に集まって対局をする楽しみもありました。親しくなった営業マンの弓田君とは週末になると自宅で深夜まで対局をしました。まだ若かった彼は今頃どうしているかと当時を思い出します。

六十歳の定年で退職しましたが、想像以上の退職金が出て非常にありがたかったです。今思うと育ち盛りだった敬子と靖は三田北洋で大きくしてもらったようなものです。

私の趣味

私はいくつか趣味を持っています。人生を通しての趣味は魚捕りとその鑑賞です。幼い頃の浅川の魚捕りは五十代になっても変わらず続いていて、一人でよく夜釣りに出かけました。静かになった夜は魚も警戒心が薄れるのかよく釣れるのです。餌を仕掛けてそのまま数時間待つこともありますし、置き針にして早朝見に行くこともありました。餌にするミミズを集めたり仕掛けるポイントを探したりする手間はかかりますが、「かかっているかなぁ」と期待する高揚感と、捕れた時の達成感は何とも気持ちのいいものです。

昭和五十四年頃の夏のある晩、大雨が降って水嵩《みずかさ》が高くなっていた浅川へ、餌のドバミミズを持って一人で夜釣りに出かけました。人っ子一人いない河原の川のほとりに腰かけて懐中電灯を照らしてドバミミズを針に付け、竿を大きく振って仕掛けを川へ投げ入れました。

虫の声と川音だけが響き渡る静寂の中で、月明かりの中にポカリと浮かぶ浮きをジーっと眺めて待ちました。待っている時間というのは無念無想で、何も考えずに煙草をくゆらせてボーッとしています。

どのくらいそうしていたのか、突然浮きがピクピクッと引き始め、竿に付けた鈴がけたたましく鳴り出しました。

「きたきた」

おもむろに立ち上がってリールを巻き竿を上げようとしましたが、かかった獲物が重くて竿は三日月のようにしなり、一人で上げることがどうしてもできません。早く早くと気持ちが急《せ》くままに釣り竿を地面に置き石を載せて安定させると、一目散に走って家に戻りました。眠り込んでいる高校生の靖を叩き起こして再び走って河原に戻り、二人で竿を引き上げると、五十センチを優に超える大きなナマズでした。

深夜二時でした。靖にはまったく迷惑な話ですが、あれは忘れられないです。ナマズは茶色がかった漆黒で、池に入れて一年くらい生きていました。何回もナマズは釣っていますが、後にも先にもあんな大きなナマズは見たことがありません。

巨大なウナギを釣ったこともありました。サマーランドの前の秋川に置き針をして釣りました。家に帰るまでに死んでしまったので、靖が記念に魚拓を作りました。長さが七十センチ、重さが七五〇グラム、胴回りはなんと十三センチもありました。近所の魚屋で捌《さば》いてもらい、たまたま来訪していた義父の清正さんと食しました。味がどうだったかは忘れてしまいました。


釣ったウナギやナマズ、コイ、ハヤ、フナは自宅に作った池や水槽に入れて鑑賞します。戦争中に父と作った防空壕を利用して、私は小さな池を作っていました。いつだったかナマズが大きく跳ねた後に地震が起きたことがあって、「ナマズが暴れると地震が起こる」という言い伝えは本当だと家族で話したものでした。

現在住んでいる自宅の庭にも細長く蛇行する池があります。幅六十センチ、長さ十二メートルくらいの流れる池です。これも私が植木職人の溝呂木さんに手伝ってもらいながら作りました。石を積み上げて形成した上流の岩場から地下水が滝状に落ちて、そのまま池を流れる仕組みです。

池ではハヤ、ヤマメ、ギバチなどその時々でいろいろな種類を飼いましたが、現在はコイが十五匹と金魚が数十匹です。金魚は池で産まれた二百匹を靖が水槽で育て池に戻したものですが、鳥や亀にやられて現在は数十匹に減りました。もう五年以上生きています。

一番長く生きているのは靖が買ってきた緋ゴイで、七年以上になると思います。コイの餌だけでなく残った白米やパンなども与えているので大分大きく、というよりも太った胴回りの緋ゴイになってしまいました。

靖も好きなようで、鳥に傷つけられた金魚は観察していて、傷痕がなくなったことまでもきちんと把握しているようです。鳥というのはゴイサギなどの野鳥で、早朝にやって来ては魚をつつくので、靖は軒下とフェンスを利用してナイロンの糸を張りめぐらし、野鳥が下りて来られないように対処してくれました。私にはとてもできない芸当です。

亀というのは脱走癖があって、いつの間にかいなくなっていることが多いのですが、数年前に飼っていた亀が松の木陰に産卵したことがありました。可愛い子亀がよちよちと歩いているのを見た時は驚きました。

魚は犬のような愛らしさはありませんが、私が縁側に座るとサーっと集まって来て、投げ入れた餌をパクパク食べている様は何とも可愛く癒されるものです。

もう一つの趣味は五十代にはまっていた趣味で、日中戦争と太平洋戦争の経過を文章にし、軍歌や戦後の歌を交えて自分のナレーション付きで一本のカセットテープにまとめることです。これは敬子が英語の勉強用に購入したカセットデッキにいろいろ録音しているのを見ていて思いつきました。

当時は鶴田浩二が「同期の桜」をはじめとした軍歌のレコードを出していたこともヒントになって、タイミングよく作ることができました。完成品をダビングして数人の知人に贈呈したところ、戦争を体験している知人たちは涙が出るくらい感動したと喜んでくれました。

それから将棋です。将棋を覚えたのは青年会の頃でしたが、五十代、六十代の頃は週末になると友人と互いの家で深夜まで対局をするのが楽しみでした。栄ちゃんはもちろんのこと、テレビ購入の際にお世話になった覚さんや、長い付き合いの友人、近所の知人など、数多くの将棋仲間がいました。

晩年は公民館で行われている将棋倶楽部などにも足を運び、段持ちの強い人に挑戦して勝ってては喜び、負けてはなるほどと満足して帰って来ました。最近ではコンピューター相手に将棋ができる時代になり、靖に何度かやらせてもらったことがありますが、大変よくできていて、私は初級者レベルで一回勝ったきりでした。

借地権と日本刀

定年を間近に控えた昭和五十八年、クラ子から、

「敬子もそろそろ結婚するかもしれないから、借地権をとって家を新築した方がいい」と切り出されました。戦争中の空襲を免れて焼け残った我が家は、地主が浜口さんで大家が栗原さんでした。私はまったく家などには執着がなく借家住まいも気にしたことがありませんでしたが、クラ子は娘を借家から嫁がせたくないと考えていたようでした。私もハッと目が覚めました。

五十坪もの土地まで購入することはできないので、クラ子が言っていたように栗原さんから借地権を買い取り新築することを考えました。

すぐさま栗原さんに話を持っていくと、最初は躊躇《ちゅうちょ》されましたが長いこと親しく付き合ってきたこともあり、奥さんの「浜口さんに連絡してみたら?」という一声で承諾してもらうことができました。

地主の浜口さんはとても気難しい人だと評判で、借家人などとは会わないと噂で聞いていたこともあり、どうなることかと先行きに少なからず不安な思いも抱きましたが、栗原

さんが連絡すると意外にもすんなり会ってくれることになりました。

クラ子が用意した洋酒と私が織った男物のウールの反物を手土産に、少々緊張して約束の時間に訪ねました。浜口さんは私より十五歳ほど年上だったでしょうか。聞いていたほど気難しくもなく、世間話から当時の世論、歴史、流行歌、戦争中の話などあっという間に意気投合して話が弾みました。

いろいろ話しているうちに、浜口さんは骨董品集めが趣味で年代物の日本刀も何本か持っているという話になりました。

日本刀と聞いて、私はすっかり記憶の彼方に追いやって忘れていた小川のふーさんから貰った日本刀のことを思い出しました。終戦間もない頃、安土《やすど》山の帰りに貰ったあの日本刀です。

「実は私も一本持っていましてね」

と話すと、是非見たいということになり、次に会う日程を決めて浜口さん宅を出ました。

急ぎ自宅へ戻り、押し入れの奥深くにしまい込んだ日本刀を出して座敷に広げてみました。ずっしりとした重みは四十年の歳月を感じずにはいられませんでした。

隙間もないほどギリギリ巻きにされた紐をほどき、幾重にも包まれた布を剥いでやっと出てきた日本刀は少しの錆《さび》もなく、時の流れをまったく感じさせない見事な輝きで溜息が出ました。しばらく眺めていましたが、この機に手放そうと決めました。

数日後、登録証と共に持参して見せると、浜口さんは手に取ってよくよく眺め感激している様子でした。

「私が持っていてもしょうがないので、ご所望でしたら差し上げますよ」

と伝え、納めてもらうことになりました。四十年もの間静かに眠り続けた日本刀は、こうして私の元を離れ日の目を見ることになったのでした。

その場で栗原さんから私へ借地権を譲渡する件は快諾され、後日譲渡金を支払って無事契約が交わされました。

新築

いざ借地権を譲渡してもらい新築に向けて動き始めると、金策は想像以上に大変で相当な借金をしなければならない状況でした。住宅金融公庫で住宅ローンを組み、返済は靖にも協力してもらうことになってしまいました。

建築業者は三兄の住居を建てた大工の棟梁に依頼しました。かねてよりクラ子は棟梁のそのしっかりとした建築工法や仕事ぶりに心酔していて、我が家を建てる時はお願いしたいと心に決めていたようでした。

連日棟梁が夜になるとやって来て、間取りの相談や細かい材料の打ち合わせなどをして家族との信頼関係を築いていきました。

クラ子は家の基礎や工法のことなど棟梁から説明されるとすぐに理解していましたが、私は間取りの図面を見せられてもよく分からず、頭に想像して思い描くこともできず、台所のシンクの種類だの壁はクロスにするか木製にするかだのちんぷんかんぷんで、細かいことはすべてクラ子と子供に任せました。

私が主張したのは、床の間の床柱をタガヤサンにすることくらいでした。これは大和田町の材木屋に何度か足を運び自らの目と触り心地で選びました。タガヤサンは漢字では「鉄刀木」と書き、その字のごとく鉄のように固い木で色は暗黒褐色に金色の筋を帯び、腐りにくいことから家が長く続くという言い伝えがあると説明されて決めました。素人目ながら逸品と感じられた、板目がバランスよく綺麗に出ている四寸角のタガヤサンを注文しました。

棟上げ式は事故もなく賑やかに執り行われ、数か月後の昭和六十年秋には二階建て総建坪三十八坪の立派な家が完成しました。私も二階に自分の部屋を持つことができました。自らの人生を振り返り、これが自分の家かと思うと信じられないような気持ちで感無量でした。

自宅裏の工場はそのまま残し、クラ子が糸返しの委託を受けて内職仕事を続けました。

日本航空一二三便の墜落事故

新築工事が順調に進んでいた夏の暑い日、八月十二日の夜、テレビからニュース速報が流れました。

「日本航空の羽田発大阪行きの一二三便ジャンボ機が消息を絶ち、墜落した可能性が強まっている」という速報でした。

深夜の報道になると、墜落したのは群馬県と長野県の県境にある御巣鷹山《おすたかやま》で、テレビの画面には上空から撮影した真っ赤な炎に包まれる一二三便が映し出されました。息を呑む思いでテレビに釘付けになりました。

犠牲者は五二〇人に及び、その中には歌手の坂本九さんもいました。奇跡的に助かった四名の方がヘリで救出される映像は胸に焼き付きました。異常が発生してから墜落するまでの間に家族に宛てて手帳に遺書をしたためた方も何人かあったと後に知り、恐怖のさなかにすごいことだと驚きました。世界でも類を見ない航空機事故だと思いました。

母の死

母は一時ボケてしまい、私のことも分からない時期がありました。自宅を新築するためアパートで暮らした時には環境の変化も悪かったのか、衣服を脱いで素っ裸で呆然としていることもありました。が、家族が温かく接していつも一緒にいて孤独にしなかったことが良かったようで、新築した家に転居した際には以前の母に戻っていました。

新築の家に住み始めると母は私に、

「利公も偉いもんだ、こんなにいい家を造ってくれて」

と喜んでくれました。私はその言葉を聞いて大変嬉しかったのを覚えています。

その時の会話を録音したテープが残っていて、先日敬子が聞かせてくれました。新築した家で母は一年半生活することができました。

父に先立たれてからの三十年余り、母の晩年は平穏で幸せな日々でした。クラ子はそれはよく仕えてくれました。

亡くなる五年ほど前、母はいくらかボケていたのですが、夜中に「栗拾いに行くからおにぎりを作る」と言って起き出し、台所の段差で転んで寝たきりになってしまいました。

クラ子はしもの世話もいとわず、寝ダコがひどくならないようにと仕事の合間を縫って一日に何度も向きを変え、薬を塗る手当も嫌な顔一つせずやってくれました。

そんな嫁であるクラ子に母は、

「あんたは神様だよ」

と言って感謝していました。

クラ子のそのような姿勢は子供たちにも伝播し、敬子は会社が休みの日にはクラ子と一緒に母を入浴させ、綺麗に爪を切って大好きだった赤やピンクのマニュキュアを塗って母を喜ばせてくれました。母はよくその指先を高くかざして眺めていました。訪れた人にその派手さをからかわれると、

「私は嫌だって言うのに敬子がやるのよ」

などと照れながら言い訳していましたが、その顔は満面の笑みでした。

敬子は平日も帰宅すると母の部屋で「今日は誰か来たの？」などとしばし話し相手をしてくれるので、寝たきりで過ごしている母にとって、それは一日の終わりに訪れる孫との嬉しいひと時のようでした。

靖も優しく、運転免許を取ってからは寝たきりの母を車まで抱いて乗せ、故郷の小仏までドライブに連れて行ったり、桜の季節には車中からお花見をさせたりしてくれました。

私は家族に母にそっくりだと言われます。特に顔や座っている姿勢などが似ているよう

です。母は晩年ゼーゼー苦しそうに息をしていましたが、まさしく今の私がその状態です。確かによく似ているようです。

母の最期は老衰でした。亡くなる数日前から幾分元気がなくなり、心配した敬子と靖が日頃から母が好きだったステーキやイクラを買ってきて食べさせたりしていました。

亡くなる日の朝はカラスの鳴き声がひどく、不吉な予感がしました。カラスが鳴くと死人が出ると聞いてはいましたが、まさか母の死を暗示しているとは思いませんでした。むしろ私がカラスの鳴き声に気づいたから、母は大丈夫だろうと思っていました。

昼間はクラ子は出かけて留守にしていました。母は好きだった煙草を大分前にやめていましたが、私に、

「一本おくれ」

と言って美味しそうに吸いました。それは私と母との二人だけの最後の静かな時でした。

夕食が済んだ頃、妹の正子が娘の晴子ちゃんを連れてやって来ました。平日のそれも夜にやって来るなどないことなので虫の知らせだったのかもしれません。

そのうち敬子も帰って来ました。靖は不在でした。母は自室で眠っていたので私たちはリビングで団らんしていました。すると、バタン、ドンッ、と何やら家の中の数か所から大きな音が何度も聞こえました。全員が同時に聞いています。私は敬子に促されて家の周

りを見回りましたが変わりはありませんでした。不気味な空気を感じ、

「今夜あたり危ないかね」

と話して妹たちは帰りました。さらに和室の床の間あたりでも音がするので、義母は床の間から出て旅立つのかもしれない、とクラ子は感じたようです。

深夜十二時過ぎまで、横になっている母をクラ子と敬子の三人で見守っていました。すると母が水が飲みたいと訴えたため、クラ子がオレンジジュースと水をコップに一杯ずつ持ってきて上体を起こして飲ませました。再び横になった母はゆっくりと大きく口を開けてあくびをしてにっこり微笑《ほほえ》みました。その様子は今思えば、

「みんなもう寝ていいよ」

と言っているようでした。

母の様子に安堵して私たちが眠りにつくと、まるでその時を待っていたかのように未明に母は旅立ちました。母に寄り添ってうとうとしていたクラ子が気づいた時にはまだ身体は温かく、とても安らかないい顔をしていました。

昭和六十二年三月二十三日、九十三歳の大往生でした。

娘の結婚と穏やかな日々

母が亡くなった二か月後の五月に敬子の結婚式が控えていました。先方から延期のお気遣いもいただきましたが、すでに結納も交わし準備も進んでいたことから、予定通りに敬子はかねてより交際していた仁君に嫁ぎました。

クラ子が思い描いていたように自らの新築した家から娘を嫁に出せたこと、結婚式に親戚の皆が揃って祝福してくれ、帰りに自宅で内輪の宴会をして盛り上がったことなど、とても嬉しいことでした。

仁君の実家のある埼玉で、しばらくは共働きのアパート生活でスタートしました。

私は三田北洋を定年退職しアルバイトをする傍ら、クラ子の糸返しの仕事を手伝う毎日になっていました。当時八王子では着物よりもマフラーやネクタイの生産が主流となっており、クラ子に発注される仕事もほとんどがその類《たぐい》でした。

静かで穏やかな日々が流れていました。

第六章　平成元年～三十年

新元号とバブル景気

新築した家で四回目の正月を迎えて間もなくの昭和六十四年一月七日、昭和天皇が崩御され元号が平成となりました。官房長官の小渕さんが「平成」と書かれた台紙を掲げて新元号を発表したテレビの映像は強く印象に残りました。

新元号に変わった昭和六十四年は、昭和六十一年の終わりに始まったバブル景気が依然として続いていました。資産価格が過度に高騰し、一億円以上もする豪華な分譲マンションが売り出され「億ション」と呼ばれました。

しかしながらその一方では、地主が不動産を高値で売りたいために住民との交渉に「地上げ屋」を使い、その中にはヤクザが関わることもあって社会問題にもなっていました。

私が浜口さんと借地権契約を交わしたのはバブル景気が始まる数年前だったので、本当に運が良かったのでした。

寂しい便り

この頃の私は魚捕りや池作り、カセット編集の趣味に没頭していました。

浅川は汚染され、私が幼い頃のように澄んだ綺麗な水ではなくなっていましたが、それでもコイやナマズなどは生息していました。毎晩のように夕食が終わると一人で釣りのセットを持って夜釣りに出かけました。

靖が車を持つようになっていたので、休日には足を延ばして相模川や秋川などに連れて行ってもらうこともありました。息子と一緒に楽しめるというのはありがたいものですが、そうした近隣の川は、若い頃には友人と賑やかに釣りをして楽しんだ懐かしい場所でもありました。六十代も半ばに差し掛かると竹馬の友や身内が病に臥せっているという便りも届くようになり、寂しさを感じることが多くなってきました。

平成元年、突然の嵐

人生には、ある日突然想像もしていないことが起こるものです。私は還暦も過ぎ、残りの人生はこのまま穏やかに時が流れ、いずれ終焉《しゅうえん》の時がやって来るのだろうと思っていました。ところが冬を迎える少し前、地主の浜口さんから穏やかな日常をひっくり返す驚くような話が持ち込まれました。

この頃になると浜口さんは隠居して息子さんの代になっていました。浜口さんの息子さんは五十代後半だったでしょうか。親父さんとはタイプが違いましたが、気さくに話のできる方でした。

浜口さんは、バブル景気に乗じてマンション建設の計画を進めていると話し始めました。そして、そのマンションの建設予定地は我が家を含む一帯になると説明してきました。我が家は建設予定地を地図に表した場合、大通りに面した北東の角地で、マンションが建設された光景を想像すると、おそらくマンションの正面玄関の右隣になりそうでした。

浜口さんは、

「マンションを建設するに当たり、建設予定地の一角に高橋さんがあるとどうしても建ぺい率に大きな影響が出てしまい、マンションの規模が格段に小さくなってしまう。自宅を新築してまだ数年なのに大変申し訳ないが転居していただけないだろうか」

というものでした。浜口さんは昔からの大地主で、我が家の一帯の土地はすべて浜口さんの所有でした。新しく建設されるマンションは五階以上の大型マンションを計画しているとのことで、そうなると数十軒の家が立ち退くことになりそうでした。

何の前触れもなくいきなり嵐が来たようなもので、当然のことながら即答することなどできず、慌ただしい日々の始まりとなりました。

家族会議

クラ子と靖に浜口さんから持ち込まれた話をすると、二人とも絶句していました。やっと自宅を新築して生活も落ち着き、我が家への愛着も高まってきたところでした。連日夜になると三人で相談する日々でしたが、簡単に答えが出るはずもありませんでした。

私は浜口さんとの交渉を始めました。保障額や立ち退き料についてです。どのくらいを浜口さんが想定しているのか、それが分からなければどうにも動きは取れませんでした。

靖は仕事があるので浜口さんとの交渉に出席したことはありませんでしたが、かえってそれが交渉の好都合となりました。言葉は悪いですが「浜口さんの提示額では息子が納得しない」などと、その場にいない靖を出しに使うことができたからです。

何回くらい交渉の場があったか忘れてしまいましたが、私もここが踏ん張りどころと大分頑張りました。その甲斐があり、まだバブル期だったことも幸いして、そこそこ納得のできる金額が提示されました。

浜口さんの申し出を断った場合には、我が家の立地環境はマンションの片隅の陽の当たらない一角となり、それでも住宅ローンは払い続けなければなりません。この際、浜口さんの提示した金額で申し出を受けた方がいいだろうという結論に達しました。私はクラ子に褒められたことなどあまりありませんが、この時ばかりは浜口さんとの交渉を「頑張ってくれた」と大変喜んでもらえました。

四年ほどしか住んでいない新築した家は苦労の末に建てた家だという思い入れもあり、その土地は私が育った思い出の場所でもありました。時代の流れでこういうことになりましたが、契約当初は一抹の寂しさが拭えませんでした。

しかしながら、バブル景気の前に借地権を取っておいたことで今回の話があり、今後の人生で借金がまったくなくなることを考えると、あるいは私は相当に幸運だったのかもしれません。

物件探し

それからが大変でした、浜口さんとの契約期限内に転居先を探して引っ越さなければならないからです。

不動産屋の紹介であちこち物件を見て回るのですが、なかなか思うような条件の物件が見つからず、土地が決まってもそこから家を建てて期限内には荷物をまとめて引っ越さなければならない、と考えると気が遠くなりそうでしたが、靖が中心となって動いてくれるので安心して任せておけました。

私は相原のはずれの土地が気に入りました。そこは井戸があったのです。井戸を見た瞬間に私の頭の中では池を作る構想がすぐさまできてしまいました。

ところがそこは駅から遠く、林に周囲を囲まれた土地に数軒の家があるだけの田舎で、何となく世捨て人が住むような暗い雰囲気の場所でした。気に入ったのは私だけで、クラ子はもちろん靖も親戚からも反対され、市街化調整区域だったこともあって諦めました。

それからまもなく現在の場所を案内されて決めました。駅まではバスを使うことになりますが、浅川の向こう側の高台にある住宅地で、現在の家から車で十分ほどの空き家となっている物件でした。それまで住んでいたご主人が庭好きだったようで、庭には築山があり、形よく手入れされた松や紅葉などが植わって、すでにいい庭ができていました。大通りに面していないため騒音もなく静かな環境でした。

私は築山の前を水が流れ魚が泳いでいる光景が目に浮かびました。考えるだけでワクワクしました。家屋は古かったので解体して新築することになりますが、クラ子も靖も物件探しに疲れてきてもいて、ここでいいだろうということになりました。平成二年の春でした。

建築は前回と同じ棟梁に依頼しました。棟梁も驚いていましたが、二度目とあって気心も知れていて、間取りや建築材料などの決め事もスムーズに進んでいきました。

クラ子の事故

平成二年十月、転居先の間取りを相談している頃でした。夕方、アルバイト先から帰るとお向かいの奥さんが飛んできて、

「大変なことになった、クラ子さんが救急車で運ばれた」

と言うのです。何が起きたのかまったく分からず、靖からの連絡を待ちました。

クラ子はお得意さんからの発注を受けて、裏の工場でマフラーやネクタイの糸返しの仕事をしていました。糸返しというのは染色して直径五十センチほどの輪状の束になっている糸を機械にかけ、高さ二十五センチほどの円錐形のボビンに巻き取る作業です。この日はマフラー用の糸を返すことになっていましたが、その糸は非常に太く返しづらい糸で、返し始めからくしゃくしゃに絡まって作業は中断していました。ほどくのに時間がかかりそうだったので、私が帰ってほどくから先に他のお得意さんの仕事をするように、とクラ子に伝えて出かけました。

ところが夕方、時間ができたクラ子は、一人で絡まった糸をほどく作業を始めてしまいました。器用で技術も確かなクラ子ですが、この時に限ってどうしてそうなったのか、左手薬指の第一関節の先をその絡まった糸で落としてしまいました。おそらく糸をほどく作業を手動でなく機械を回しながらほどいていたのではないかと思いますが、一瞬の出来事だったはずです。

運よく靖がいたので救急車で搬送されました。救急隊員の指示で落とした指先を氷と共にビニール袋に入れて持参しましたが、傷口は複数の糸が指に絡まって切断されていたため、残念ながら接着することはできませんでした。

靖からの電話で一部始終を知り愕然としました。どうしてそんなことに……、という思い以外のことは何も浮かんできませんでした。すべて靖に任せると伝えて、私は翌日伸吉の車で病院に向かいました。私も動揺していたのだと思いますが、その時のクラ子の様子はまったく覚えていません。

傷口の手術をして一か月ほど入院しました。携帯電話のない時代で、夫婦で旅行に出ていた敬子とは連絡がつかず、入院支度やら何やらとても大変でした。信じられないようなあっという間の事故に、クラ子の心中はいかばかりだったかと思いますが、引っ越しを控えていたこともあり、クラ子はしっかりと前を向いて気丈でした。私も子供もクラ子の気丈さに救われました。

新居

平成三年八月半ばに引っ越しました。

基礎工事の最中に地中から縄文式土器がいくつも出てきたのには驚きました。縄文人たちが浅川を見下ろすこの辺りに集落を作って生活をしていたのかと思うと、何となく転居する新しい土地に親しみを感じる私でした。靖が結婚してから二世帯同居でも住めるように、二階に小さい台所も付けました。総建坪四十六坪の今度こそ終の棲家になるであろう我が家での生活が始まりました。

引っ越しの片づけもそこそこに、私はこの家の庭木を長いこと手入れしてきた植木職人の溝呂木さんと二人で池を作り始めました。溝呂木さんは私より一回り以上も年下でしたがとても気が合って、私のうるさい池作りの注文にも快く応じて手伝ってくれました。気心も知れて夫婦共々の付き合いとなり、四人で出かけることもしばしばでした。

戦後になって戦時中の防空壕を利用して池を作って以来、三度目の池作りでした。オートバイで浅川へ行き、形のいい石や平面の石を拾ってきては組み合わせて石畳に敷き、上流には高さ六十センチほどの滝ができるように石を積み上げ、築山の前を細長く蛇行して流れる池を作りました。池の長さは十二メートルくらいあります。ポンプで地下水を汲み上げて水を循環させる仕組みにしました。完成した時はそれはもう何とも言えない満足感でした。

浅川で釣ったコイはもちろんのことイワナやヤマメなども買ってきて入れました。私は時間を忘れて池を眺めていることができます。魚がスイスイと泳いでいる様をボーッと眺める時間は、私にとって至福のひと時となりました。

友人

クラ子は指のケガで日常生活の不自由もあったろうと思いますが、転居先にも工場を作って仕事を始め、それまで続けていた生け花やお習字、民謡などの稽古事も再開しました。お習字は栄ちゃんの妻君と通っていました。

人付き合いが上手で、転居先でも親しい友人ができて行ったり来たりして暮らしていました。中でも鈴木さんとは旧知の仲だったかのように互いの心を理解し、気持ちを分かり合える友人となり、クラ子が闘病で苦しかった時期にも静かに温かく見守り、寄り添っていただきました。とてもありがたかったです。

我が家は親戚も友人もちょくちょく訪ねて来る家でした。転居してもそれは変わらず、石庫《いしくら》時代の深井さんと諸星さんが新築祝いを兼ねて夫妻で来てくれた時には、リビングでカラオケをしたり踊ったり、盛り上がって時間を忘れるほどに楽しかったです。

親友の栄ちゃん夫妻とも付き合いは続いていて、週一回四人で日帰り温泉に出かけ、食事をすることが楽しみとなっていました。

かれこれ五十年来の付き合いになる友人が多くその縁を大切にしていました。

畑仕事

転居してから東京都で貸し出している近所の畑を借りて、クラ子と畑仕事をするようになりました。戦争中には生きるための食料としてサツマイモを作っていましたが、あの時とは違い、転居先での畑仕事は収穫の喜びを素直に味わえるものでした。

野菜は葉物も根菜もほとんどすべての種類を作り、スイカやブドウも作りました。沖縄のゴーヤは食べるのも初めてでしたが、夏の食卓には毎回出るほど収穫できました。近所や親戚にお裾分けしてのどかな日々を過ごしていました。転居して良かったと思えるようになっていました。

息子の結婚

平成十一年一月に、靖が五歳年下のあかりさんと結婚しました。あかりさんは福岡県出身で、ご両親とは結納で福岡のご実家を訪ねた際に初めて会いました。クラ子はあかりさんのご両親は若いだろうから話も合わないのではないかと心配していましたが、お会いしてみると、まるで初対面とは思えないほどに話も弾み、無事結納を交わすことができました。枯山水の庭や趣味の陶芸の窯を見せていただき、あかりさんのお父さんの多才ぶりに驚いたことを今でもよく覚えています。

息子夫婦は二世帯同居で二階に住むことになりました。クラ子は口には出さないまでもそれが相当嬉しいようでした。福岡からご両親がみえた際には二階に逗留され、賑やかに酒を飲み食事を共にして気持ちのいい親戚付き合いとなりました。

孫の誕生

平成十二年三月に敬子が女子を出産しました。結婚してからなかなか子宝に恵まれずにいましたが、結婚十三年目にしてやっと母になりました。当時は仁君の転勤で静岡に住んでいたため、こちらで里帰り出産をしました。おかげで私たちも初孫の誕生に直に触れることができて大変嬉しかったです。埼玉のご両親も喜んで訪ねて来てくれました。

大きな声でよく泣く赤ん坊で、敬子の赤ん坊の時と似ていました。愛花と名付けられ、通称は「愛ちゃん」でした。

こちらにいる間に仁君は今度は福岡に転勤となり、敬子は乳飲み子を抱えて見知らぬ土地へ帰る格好になりクラ子は心配していましたが、愛ちゃんは元気に成長し、私たちは敬子から送られてくる写真やビデオで愛ちゃんの成長を見るのが楽しみでした。

生後八か月の時に夫婦で福岡を訪ねましたが、愛ちゃんは私たちのことを覚えていたのかと思うくらい、会った瞬間から懐いてニコニコしていて可愛らしかったです。毎日宅配される乳酸菌飲料を美味しそうにストローでゴクゴク飲んでいた姿が今でも目に焼き付いています。

福岡のあかりさんのご両親が敬子のマンションを時折訪ねてくれました。仁君は出張が多く敬子は一人で育児をしていたようなので、ご両親の訪問はとてもありがたいことでした。

愛ちゃんの誕生から半年後の九月に、あかりさんも女子を出産しました。妊娠中は薬の副作用で辛い時期もあり心配しましたが、あかりさんは頑張ってくれ、赤ん坊も元気に生まれてきてくれました。里穂《りほ》と名付けられました。私は「りっちゃん」と呼んでいます。

りっちゃんが赤ん坊の頃は、乳母車に乗せてよく散歩に連れて行きました。その光景は近所でも有名でしたが、真夏に水分も摂らせず乳母車に乗せたまま追分まで連れて行ってしまったことがあり、さすがにそれは皆に苦笑されました。りっちゃんはおとなしい赤ん坊でしたが、成長とともに明るく面白い楽しい女の子になりました。

平成十五年十一月、あかりさんが男子を出産しました。雅紀と名付けられ、私は「まーくん」と呼んでいます。

体格のいい赤ん坊でしたが、アレルギー体質で顔が真っ赤だったことが印象に残っています。小麦製品も食べることができないと聞いて、当時アレルギーとかアトピーとはなんぞやという認識だった私はよく理解できないでいましたが、今ではまーくんも食べられないのはピーナッツくらいとなり、いろいろな食材で料理を作ることが好きな少年に成長しました。

三人の孫は仲が良く、幼い頃は愛ちゃんが泊りがけで遊びに来ると、私が近くの公園に三人の子を連れて行って遊ばせ、帰りに駄菓子屋で菓子やおもちゃを買うのが恒例となっていました。その光景を知っている近所の奥さんたちに、今でも『よく公園で遊ばせていましたねぇ』と声をかけられます。

段ボールが欲しいと言い出した時には、決まって和室に秘密基地だとか迷路を作って三人で楽しそうに遊んでいました。夕飯の際には三人が相談して劇をしてみたり歌を歌ったりして、とても賑やかでした。生涯にわたって仲良く付き合ってくれたらいいと思っています。

病気と煙草と酒

私が親に感謝していることの一つは、元気な身体に産んでもらったことです。七十歳を過ぎるまで病気をしたことがありませんでした。平成十一年の夏、七十二歳の時に一か月入院したことがありましたが、病気という病気は後にも先にもそれだけです。

その時は貧血状態が酷くて入院しました。味覚がおかしくなり、ご飯と塩辛くらいしか食べることができなくなったのですが、検査をしても原因は分からず、主治医からは、「おそらく胃炎から出血をして血圧が下がったことで調子が悪くなったのだろう」と診断されました。輸血をして元気になりました。

煙草と酒は青年会の頃に覚え、以来ずっと続いていました。煙草はフィルターが付いていない時代で、私は「しんせい」という銘柄の両切りタイプの煙草を吸っていました。現在のように煙草は身体に悪いとか禁煙ムードなどがまったくない時代が長かったので、大分肺を汚し痛めてしまいました。

何度も禁煙に挑戦しましたが、いつも三日坊主でした。禁煙できたのはまーくんの喘息《ぜんそく》がきっかけで、この時は意外にもあっさりやめることができました。確か愛ちゃんと毎日本数を減らして禁煙する約束をして、毎晩吸っていないことを電話で確認されていたような記憶があります。

しかしながら長年の喫煙により、数年前からＣＯＰＤと言われる慢性閉塞性肺疾患を発症してしまいました。少し長く歩いたりすると息切れが酷く苦しくなり休まなければならなくなります。治療法はなく、さらに酷くなった場合には酸素ボンベを持ち歩かなければならないそうですが、まだそこまでには至っていません。

酒は毎日晩酌で日本酒を飲んでいました。安いウイスキーなどもよく飲みました。酒を飲めない体質だったら私の人生も違っていたかもしれませんが、つまらなかったろうと思います。

友人や親戚ともよく飲みました。正月などは親戚が皆我が家に集まるので、今思い出しても本当に楽しい酒でした。最近はビールが多いのですが、年齢を重ねるにつれ昔のようには飲めなくなってきました。

恥ずかしながら酒には苦い経験もあります。飲み屋で酔っぱらってほかの客と口論になり、警察に通報されたことが何度かありました。家で飲んでいる時には家族相手に酔っぱらってクダをまくこともありました。酔いの醒めた翌日は布団を被って寝てしまいました。

家族にそのことを指摘されると返す言葉はありません。クラ子には苦労をかけ、靖には世話になりました。

晩年

靖が運転免許を取って車を持ってからの三十数年間、私とクラ子と靖には年末の恒例行事がありました。正月用の食料の買い出しです。子安の八王子市場などへ深夜三時頃から出かけ、大賑わいの人混みをかき分けながらあちこちの店を物色して回り、魚介やら刺身やら肉やら正月用の食料を買い込むのです。

私もクラ子も戦争中の食糧難を経験しているだけに、いかにも美味しそうな生きのいい食材であふれた市場の光景や雰囲気は何とも幸福感があり、食べたい物を思いきり好きなだけ買える年末の買い出しはとても嬉しい行事なのでした。餅は米屋でついてもらい、お節料理はクラ子の手作りで、毎年正月らしい正月を過ごしていました。靖が所帯を持って二世帯同居をしてからも、それは変わりませんでした。

この二十年間は、二世帯同居をしたおかげで楽しいことがたくさんありました。あかりさんは料理が上手で、いつだったか豆のカレーをごちそうしてくれた時には初めて食べる味で、その美味しさに驚きました。魚の煮つけなどもクラ子とは一味違った美味しさでした。酒も強くてビールは私より強いと思います。

りっちゃんとまーくんが幼い頃は三人でよく風呂に入りました。大きくなってからは風呂から上がるとそれぞれが素っ裸で堂々とリビングにやって来るので実に愉快でした。

孫はクラ子の料理が好きで、「ばあちゃんのチャーハンが一番美味しい」と褒めてくれるので、クラ子も喜んで作りました。お好み焼きもよくやりました。鉄板に丸く生地をしき、好きなように具材を入れて、ペタンとヘラで返して食べるのは遊んでいるようでもあり、楽しい孫との食事風景でした。

敬子と靖が幼い頃に私が作ってやるのも、いつもお好み焼きでした。桜エビや切りイカをたっぷり入れたお好み焼きの後には、小さな正方形に切った食パンにソースをかけて焼き、新聞紙をソフトクリームのコーンカップのように作り、キャベツとそのソースの味のしみついたパンを入れて食べさせると、二人とも祭り気分で喜んで食べていたことを思い出します。

畑で収穫できる野菜がある時には、孫を連れて行って遊ばせながら収穫の手伝いをさせ、彼岸のお墓参りの帰りには決まってどこかのレストランで食事をするのが恒例で、誕生日や運動会などの学校行事の参加も楽しい思い出となりました。

悲しい別れ

九十にもなると親しい人を黄泉《よみ》の国へ送り出す別ればかりが続きます。どれほどの人を見送ったことかと寂しくなりますが、平成二十四年四月に輝さん、翌二十五年一月に弟の伸吉と、一年を経ずして立て続けに二人を見送った時は、本当に悲しくて辛い想いがしばらく続きました。輝さんと飲む酒は楽しく、伸吉にはたくさん助けてもらいました。輝さんの「兄さん」、伸吉の「兄貴」と呼ぶ声が今も耳に残っています。

バイクの免許返納

私は車の運転免許を取らなかったのでオートバイが私の足でした。オートバイにまつわる思い出もたくさんあります。転居してからはスーパーへ買い物に行くのが私の仕事になっていて九十歳になるまで愛用していましたが、家族から「自分はともかく人様を傷つけてしまったら取り返しがつかない」と説得されて免許を返納しました。

この歳になっても時折オートバイで風を切って気持ちよく走りたいと思いますが、高齢者が運転する事故のニュース報道を見るにつけ、免許を返納して良かったのだと納得しています。

クラ子の発病

クラ子は還暦を過ぎた頃から膝の痛みに悩まされていました。女性に多い変形性膝関節症です。長いことマッサージやサプリメントの対症療法を行ってきましたが回復せず、平成二十七年の夏に手術をすることになりました。

手術前の検査で炎症反応が出て、一度手術が延期になった経緯がありましたが、無事に手術は済みリハビリ期間も終了して退院しました。膝の痛みがなくなったら旅行も行きたいしあれもこれもと楽しみにしていました。真面目な性格なので、退院してからも医師の注意事項を守って生活していました。

翌平成二十八年の元日は、久しぶりに孫が三人揃って賑やかな正月となりました。花札のおいちょかぶをしました。孫と花札をする日がくるとは、三人とも大きくなったものです。

正月を過ぎるとクラ子はどことなく調子が悪く、リビングのソファーに横になっていることが多くなりました。近所の医者から健康診断の結果で精密検査を受けるように紹介状をもらっていたようですが、受診していませんでした。

四月、孫の入学式に参列するため、あかりさんのご両親が福岡からみえて我が家に逗留していました。祝い事がある時はクラ子が赤飯を蒸《ふ》かすのが恒例となっていて、入学式の日も朝から赤飯作りをしていましたが、調子の悪さは限界まできていたのか床に置いてあるお櫃《ひつ》をガス台まで持ち上げることができず、靖の手を借りて何とか赤飯を完成させました。この時のことを敬子に「力を振り絞って作った」と言っていたそうです。

体力の減退を痛感し貧血状態も顕著になっていたことから、数日後、あかりさんに付き添われて病院を受診すると即入院になりました。

子供たちは当初、私にはすべてのことを伝えませんでしたが、この時の検査ですでにステージ4の胃癌と診断され、手術も不可能で、余命は月単位で三か月もあり得ると宣告されたそうです。

入院中に詳しい検査をして、はっきりとした告知をクラ子も受けました。靖とあかりさん、敬子が立ち会い、私は自宅で待っていました。クラ子には余命の宣告はしなかったものの、現状が正直に説明され、治療の選択が求められました。

クラ子は抗癌剤治療の副作用は、髪が抜けることや嘔吐なども酷く大変辛い治療であることを何人もの身内や知人の癌の闘病を見てきて知っていただけに、自分の年齢を考えても積極的治療はせずに緩和治療のみを行っていきたいと自らの意思で決めました。

医師から告知を受けた時の様子を敬子から聞きましたが、クラ子はハンカチを握りしめ、うっすら涙を浮かべつつも主治医をしっかり見つめ、取り乱すことなくすべてを聞くと、「よろしくお願いします」と返答してとても立派だったそうです。

クラ子の闘病生活（初期）

十か月に及ぶ闘病生活が始まりました。自宅療養で週に一回受診して輸血をすることになりました。受診の日はあかりさんに送ってもらい、帰りは敬子が迎えに行っていました。輸血は四時間もかかると聞いて驚きました、一日がかりです。

大きな自覚症状がなかったためにステージ4になるまで受診しなかったわけですが、さすがに末期の状態ですから症状は次第に出てきました。主治医の説明では、今のところ食道近くの癌のせいで物が食べられない状況には至っていないとのことでしたが、日を追うごとに食べられなくなっていきました。クラ子は食に関して買うことも作ることも食べることも好きだったので、苦しい日々になることが予想されました。九月二十五日がクラ子の誕生日なので、その日が迎えられるようにと祈るばかりでした。

五月のゴールデンウイークには、靖の単身赴任先の茨城へ靖がまーくんと共に連れて行き、車椅子で常陸那珂《ひたちなか》を散策してとても楽しかったようです。靖のアパートに泊まって単身赴任生活を垣間見られたことも安心したようでした。

松江さんにクラ子が胃癌に罹っていることを連絡すると、クラ子の弟妹は皆で揃ってやって来てくれました。勝君は三島から、孝子さんは松本から、ありがたいことです。

敬子の運転で松江さんと共に清正さんとマンさんのお墓参りにも出かけました。久しぶりに目にした実家周辺の山々は、樹木が成長してだいぶ大きくなった印象を受けました。

義妹のサクエさんは少し前に庭で踏み台から落ちて腰を痛めていましたが、ご馳走を作って歓待してくれ、甥っ子の正之君夫妻も来てくれて和やかなひと時を過ごしました。正之君のつれあいの由香さんは「なつめが癌に効くらしい」と親身に教えてくれ、早速敬子が購入してクラ子も自らすすんで食べ始めました。

生まれ育った故郷の景色をクラ子が目にしたのは、この時が最後となりました。

六月にはあかりさんの提案で孫たちを交えてディズニーランドに行きました。私は留守番でしたが、孫に車椅子を押してもらい夜のパレードも見て、「もう一度行ってみたい」

と感激して帰って来ました。

ディズニーランドのレストランではお子様ランチを完食できたそうですが、この頃になると肉類はほとんど食べなくなっていました。果物や魚はまだ食べることができていて、松江さんが来訪した際に敬子がカレー粉をまぶしたアブラカレイのムニエルを作ると、一切れすべて食べることができて喜んでいました。けれど敬子と二人になると、

「どうなっていくのかな、痛くなるのかな」

と弱音を口にしていたそうです。

クラ子の闘病生活（中期）

八月中旬、愛ちゃんが私の誕生日にご馳走してくれると言って、四人で日の出イオンモールのレストランに行きました。クラ子はズワイガニのスープを美味しいと言ってカップ一杯完食できましたが、その他のピザやパスタはほんの少ししか口にしませんでした。

「孫にご馳走してもらえるなんて」と喜んでいましたが、この頃から固形物を食べることができなくなってきたので、本人は精神的に大分辛かったろうと思います。

夏から秋にかけての私とクラ子は、それはもう険悪な日々でした。庭に生えているヤマ

ゴボウが癌に効くと知り、何とか煎じて飲ませたくて勧めてもクラ子は頑として聞かず、イライラした気持ちをぶつけてきては衝突していました。私も元来の性格でカッとなり、一度叩いてしまったこともありました。敬子が来るたびに喧嘩をしているので「いい加減にするように」とよく叱られました。

九月二十五日、クラ子は八十四歳の誕生日を迎えることができました。あかりさんがクラ子に教わりながら赤飯を蒸かしてくれました。愛ちゃんが手作りしてくれた誕生日カードに家族みんなで寄せ書きをしてプレゼントすると、クラ子は静かに何度も読み、ベッドの枕元に置いていつでも手に取れるようにしていました。

この日のケーキはアイスクリームのケーキでしたが、食事も含めクラ子はまったく食べていませんでした。孫から贈られたプレゼントのひざ掛けを足にかけソファーに横になって、まーくんの演奏するバイオリンの音色を目を瞑《つむ》って気持ち良さそうに聞いていました。

幸いチクンチクンと刺すような痛みはあるものの激痛はなく、それよりも気持ち悪いとよく訴えるようになりました。食べ物を口にすると吐き気をもよおしティッシュに出していましたが、固形物は食べていなかったので吐いているのは唾液や胃液だと思うと敬子は言っていました。

十月中旬、週一回、ほぼ一日がかりの輸血の通院もきつくなってきたことから、主治医と相談して入院することになりました。入院中に主治医の勧めで放射線治療を十回受ける

と患部の出血が止まり、輸血をせずに済むようになりました。敬子は、

「何でもっと早くに放射線治療のことを提案してくれなかったのよ」

と怒りを口にしていましたが、私にはもう治療のことなど説明されても何ひとつ理解できず、それよりもクラ子は母の面倒もあれほどよく見てくれ、仏様の世話も一生懸命にしてきたのに、指をケガしたり癌になったり、こんなことになるのでは神様も仏様もないのではないかという気持ちばかりが大きくなって、仏壇に線香をあげる気にもなりませんでした。

クラ子の闘病生活（末期）

十一月中旬に退院しました。トイレは頑張って人の手を借りずに一人で済ませていましたが、だるさが酷くソファーでなくベッドに横になることが多くなりました。

さらに食べられなくなっていましたが、靖がうどんを作る際にまーくんが煮干しを煎ってつゆを作ると、

「すごく美味しい、まーくんは大したもんだ」

と感動してつゆをすすっていました。固形物はほとんど食べられなくなり、あかりさん

がおかゆを小分けにして冷凍庫に入れておいてくれましたが、解凍されないままに残っていました。冷蔵庫の中はゼリーやところてん、飲み物ばかりになっていました。敬子に野菜スープを作ってもらって、その汁をよく飲んでいました。

痩せ方がいっそう酷くなりましたが、元来が太っていたので幸いしました。骸骨のような恐ろしいほどの痩せ方ではありませんでした。

十二月に入って、年賀葉書の裏面に例年のように一言添えるつもりでペンを握りましたが、クラ子にはもう文字を書く力も気力もなく、まったく書くことができませんでした。

平成二十九年元日、余命数か月と宣告されましたが新年を迎えることができました。埼玉から娘一家とお義母さんも来てくれました。失礼して横になることもなくリビングで歓談していましたが、テーブルに並んだ料理を何一つ食べることができないでいるのを見て胸が詰まりました。これが最後となるであろう正月、好きな餅やお節料理を腹いっぱいに食べさせてやりたい、返す返すも何で癌などに罹ってしまったのか、と当たりどころのない思いでいっぱいになりました。

一月十日、連日だるさが酷く、私の仕事はマッサージとなっていました。五十年以上も連れ添ってきたのにマッサージをしてやったことなどありませんでした。クラ子が癌を発症してから過去のことを振り返ることも多くなりました。靖は電動のマッサージ機を購入してきたり、クラ子の好きなＣＤをずっと流れるようにプレイヤーにセットしたり、感心するほどによくやってくれていました。

だるさに加え、いくらか息苦しさも訴えたので受診すると、そのまま個室に入院することになりました。クラ子は癌の痛みは長年の膝の痛みなどとは比べ物にならないほどの痛みなのではないか、という痛みに対する不安が恐怖というほどまでに強かったようで、すぐに対処してもらえる主治医のいる病院に入院できたことで大分安心したようでした。

しかしながら、病院でできることはもうありませんでした。

クラ子の闘病生活（ホスピスへ）

一月二十五日、靖とあかりさんに付き添われてホスピスへ転院しました。昨年の夏にあかりさんと敬子で医師との面談も済ませ、いつでも優先的に入院できるように予約をしていたそうです。子供たちに任せておけばすべてやってくれるので助かりました。私はもう何の役にも立たず、面会に連れて行ってもらってクラ子の顔を見て励ますことくらいしかできませんでした。

ホスピスの主治医は四十歳くらいの女性で、看護師さんも皆さん優しくて安心しました。

明るい雰囲気の個室で窓の外には山並みが見え、ホスピスが併設されている病院はクラ子の母のマンさんが息を引き取った病院だったこともあり、何か縁を感じました。頻繁に親戚の皆さんが面会に足を運んでくれることは、残り少ない日々を過ごしているクラ子にとって唯一寂しさを癒してくれる幸せな時で、本当に感謝の一言でした。

ホスピスに入ってからはずっとベッドで横になっていました。平日は毎日面会に来ていた敬子は病室に入る時決まって、

「調子はどう？」

と聞いていたそうです。クラ子は、

「あんまり良くない、気持ち悪い、だるい、一日眠っている」

と毎回答えていたようですが、この頃になっても酷い痛みは出ていなかったので、それはせめてもの救いでした。

りっちゃんは休日に面会に行く時、フルートを持参して演奏してくれました。クラ子はさぞかし嬉しかったろうと思います。看護師さんの話では、各部屋の患者さんが皆さん耳を澄まして音色に聞き入ってくれたそうです。

主治医によると、癌は食道にも侵食しており、唾液や水がちょろちょろと流れるくらいの隙間しかなくなっているだろうとのことでした。靖に缶詰の桃を食べてみると言って少

し食べたところ、つかえて苦しそうだったと聞きました。サクエさんが持ってきてくれた白菜の漬物は噛むだけで塩気が味わえるので、

「さすがサクちゃんだ」

と喜んでいました。

二月十一日、靖が一人で面会に行くと、

「息苦しさは変わらない、眠ったらボケそうだから眠るのが怖い、棺には生け花のお免状と孫たちの手紙を入れてほしい」

などと大分弱気になっており、その数日後、敬子には、

「このまま亡くなるのかなぁ」

と不安を口にしていたそうです。やはり我が子には正直な気持ちも不安な思いも吐露できるのだと思いました。

クラ子の闘病生活（終末期）

二月十四日、この日はトメ子さんと敬子と三人で面会に行きましたが、とうとう夢と現実が錯綜する終末期せん妄が出始めていて、クラ子は、

「ドレスを着た人ばかりのパーティ会場にパジャマ姿のまま行ってしまった」

と話したあとで、ハッと夢だったことに気づいている風でした。

二月十五日、この日がクラ子の意識のある最後の日となりました。夕方まで敬子はクラ子と二人で静かに過ごせたそうです。クラ子は幻覚を見ていたのか、

「そこの空中に林の中の神社だかお寺だか、そんなような建物がダーッと見える」

と手ぶりを交えてしきりに言っていたそうです。敬子が帰り支度をして、

「そろそろ帰るね」

と言うと、

「サンドイッチを食べてみようかな」

と言い出し、敬子が慌てて売店に行くと、待っていたかのように卵とツナの二個入りのサンドイッチがポツンと一つ残っていたそうです。クラ子はツナを所望し、敬子が三分の一ほどちぎって、

「飲み込んだら駄目だよ」

と言って渡すと、クラ子は頷きながら静かにゆっくりゆっくり、モグモグ、モグモグと味を噛みしめるようによく噛んでティッシュに吐き出し、味も分かるし美味しいと言っていたそうです。

「また明日来るね」

と敬子が病室を出た同じ頃、五時を回っていたと思いますが、自宅にいた私は歩いて散髪に行きました。いつもは敬子に車で連れて行ってもらうのですがふらりと足が向いてしまい、息を切らしながら必死の思いで床屋まで行きました。三十分はかかったと思います。まーくんに言付けてはいましたが、そんな暗い時間にいなくなったもので帰りにあかりさんが見つけてくれて、車で自宅に戻りました。あかりさんはりっちゃんとこれから面会に行くと言っていましたが、クラ子がどんな様子だったかは聞いていません。敬子は前日にクラ子の終末期せん妄を私が見たので、何か虫の知らせだったのかもと言っていましたが、私もそんな気がします。

クラ子の最期の時

そして、この日の深夜三時ちょっと前に、クラ子はベッドの枕元に置いていた自分の携帯から、私と二階と敬子の携帯に電話をかけてきました。誰も出なかったので最後にもう一度私に電話をかけ、留守電にメッセージを残しました。

翌朝やって来て録音に気づいた敬子がそのメッセージを聞くと、何と言っているのかよく聞き取れず、同じ時刻に自分の携帯にも着信があったことを確認すると、クラ子からの

お別れの電話だったのではないかと思い、怖くて再び聞くことはできませんでした。数日してから、それはか細い小さな声で、

「水道屋が来るから誰か家にいて……」

というせん妄症状のメッセージだったことが分かりましたが、敬子は深夜だったとはいえ電話に気づかなかったことを悔やんでいました。


少し先のことになりますが、すべてが終わって半月ほどしてから、ホスピスに挨拶に行った敬子がクラ子のカルテに残された記録を拝読させてもらうと、この電話のことがしっかりと記録されており、この時から急激に様態が悪化した経過も、担当だった看護師さんによって記録されていました。


留守電にメッセージを残したあと、クラ子は眠っても何度も覚醒し、

「孫にカレーを作らないといけない」

などと話して落ち着かない様子なので、看護師さんはエチゾラムという薬を一錠舐めさせて、落ち着くまで下肢マッサージをしてくれたそうです。クラ子は、

「ありがとうございます。おかげで落ち着いてきました。すごく気持ち良いです」

と消灯を希望して一旦眠りましたが、七時過ぎにナースコールをし、

「ちょっと苦しいね」

と訴え、突然、

「お父さん、そこにいるでしょ」

と後ろを振り向いて私に話しかけたそうです。看護師さんがまだ面会に来ていないことを伝えると「そうか」と理解し、看護師さんが私の飼っているコイの話をすると、

「コイは育てるのが大変なのよ、いろいろ世話がかかるし」

と答え、これを最後に支離滅裂となって、チアノーゼはないものの抹消冷感が強く不整脈もあったことから酸素投与を提案すると、

「やってもらうと楽だからね」

とクラ子は積極的に希望して酸素投与が開始されたそうです。あの留守電のメッセージは、直接的な別れの言葉ではなくとも、その時を悟ったクラ子の思いが感じられてなりません。

クラ子との別れ

敬子が留守電のメッセージを聞いたすぐあとに、ホスピスから、

「体温が低く今日明日ということも考えられるので、来ていただいていた方がいいと思い

ます」

と連絡がありました。松江さんと勝君も面会に行ってくれることになっていて、皆で急いで向かいました。前もって主治医から、

「癌の場合、昨日まで何ともなかった患者がある時からガクンと急変することが多く、家族は突然のことに驚いてしまう」

と聞いていましたが、まさにそのような事態で、病室に入って言葉を失いました。

クラ子は酸素吸入の管が鼻に付けられて横になっていました。呼びかけるとパッと目を開きはするものの、応答はない状態でした。午後になると呼びかけても目を開かなくなり、愛ちゃんが学校を早退して来てくれて声をかけると、若干の反応が感じられるほどでした。どういうわけか左手だけがパンパンに浮腫《むく》んでいました。

翌日になると、飲み込めない唾液が口の中に溜まり、喉がゴロゴロと鳴るようになりました。胸や肩で息をしている感じで、それは「努力呼吸」というらしいですが、苦しそうに一生懸命息をしているのが見て取れました。

けれど、衰弱して目も開けられず話すこともできないそのような状態でも耳は聞こえているそうで、松江さんとシマ子さんが面会に来てくれて帰り際に呼びかけると、クラ子は手を合わせて「ありがとう」と意思表示をしたそうです。その場にいた敬子は「お母さんらしい」と涙が出たと言っていました。

二月十八日、喉のゴロゴロと努力呼吸がさらに酷くなり、呼びかけてもまったく反応がなくなりました。小康状態が続く中、夜には娘婿の仁君や松江さん一家が来てくれました。見守るしかできない状況でしたが簡易ベッドを三台入れてもらい、ファミリールームの長椅子なども借りて私と息子一家、敬子と愛ちゃんは泊まることにしました。

クラ子を囲み、孫が一人ずつ別れの言葉を述べ、クラ子の好きだった歌を皆で歌いました。私は何をすることもできずその場にいましたが、十か月の苦しい闘病生活の最後を家族に囲まれ孫の声を聞きながら過ごせたことを、クラ子はきっと喜んでいたに違いありません。

二月十九日、靖を残して一旦自宅に戻ると、まもなく息を引き取った連絡が入りました。靖とサクエさん一家の四人に見守られながら、クラ子は穏やかに八十四年の人生に幕を引き旅立ちました。

遺影は癌が分かってから敬子に連れられて訪れた写真館で撮った写真となりました。明るい笑顔のとてもいい写真です。

クラ子は生前、葬儀の後の壇払いは火葬場でなく、きちんとした料理を出して個室でやってほしいと敬子に伝えていました。遺志を汲んで台町の中華料理店で行いました。

靖が、

「母から皆様への最後のおもてなしです」

と前年クラ子が漬けたらっきょうを持参してふるまい、皆でクラ子の好きだった「ふるさと」を歌いました。正之君のつれあいの由香さんは「千の風になって」を独唱してくれました。孫も一言ずつ想いを述べました。

最後に挨拶をお願いした勝君は、

「七十八年の人生でいろいろな葬式に参加したが、このような立派な葬式に参加したのは初めてである」

と、クラ子にとって何より嬉しいであろう言葉と私を気遣う言葉で壇払いを締めくくってくれました。

クラ子は、まさか自分が私より先に逝くとは考えてもいなかったことと思います。膝の手術をしてこれからの人生も前向きに考えていただけに、さぞかし悔しかったろうとも思います。よく働き、家族の幸せを願って生きた人生でした。しっかり者のいかにもクラ子らしい最期でした。

一人の生活

クラ子に先立たれた私は、気づいてみれば家事をはじめとした家庭一般の仕事が何ひとつできない九十歳の老人になっていました。炊飯器の使い方、電話のかけ方、ゴミの分別や出し方、家の中のどこに何が収納されているのか、まったく分からず、銀行で預金をおろすことなどとんでもないことでした。

クラ子がすべてやってくれていたことが今さらながらに胸に沁み、癌の告知を受けてから何度かクラ子が口にした、

「私が先に死んだらあなたは惨めだ」

という言葉が思い出されて寂しさと不安に襲われました。

急激に自分のボケや老いを感じるようにもなりました。クラ子が亡くなった後のことを考えて、皆に何度も炊飯器で白米を炊くやり方を教えてもらいましたが、どうしても覚えることができませんでした。それどころか、教えてもらったことさえも記憶にない状態でした。プッシュボタン式の現在の電話機もなかなか使えず、ボタンを一回押すと通じる敬子にだけ何とかかけられるような有様でした。

暇つぶしにテレビでも見ようと思っても、最近は私が見るようなテレビ番組はニュース以外にはほぼなく、撮りためてある戦争ドキュメントや懐かしい映画のビデオを見ようとしても、ビデオデッキのリモコンが使えなくなってしまい見ることができず、日々そうしたことに直面するたびにボケてきたことへの不安と、老いているとはいえこの先一人で生活することができないだろうもどかしさで何とも嘆かわしい限りでした。池のコイたちに餌を与えてボーッと眺めていることと、食べた食器を洗いちょこちょこと部屋の片づけをすることが日課となりました。

二階で生活するあかりさんは仕事に復帰し、中高生の二人の孫は塾や部活で帰りも遅いので挨拶以外の会話をする時間はほとんどなく、一日中一人で過ごす生活となりました。食事はあかりさんがご飯を炊いておかずを冷蔵庫に入れてくれるので助かりましたが、クラ子のいない一人での食事がこんなに寂しく味気ないものだとは夢にも思いませんでした。

考えてみれば、これまでの私の人生で家族と共にいなかったのは浜名海兵団に入団していた期間だけでした。喜びも悲しみも多くのことがあった九十年ですが、それは本当に幸せなことだったのだとしみじみ思います。週末に靖が単身赴任先から帰って来て一緒にする晩酌や、私の世話に訪れる敬子と車で出かけて買い物をしたり外食をすることが楽しみとなりました。

一人の私を心配して、妹の正子もつれあいの内田君と共にたびたび訪ねて来てくれました。来ると半日ばかりはいてくれるので、陽が落ちて帰る時間が近づいてくると寂しくなって、もう少しいるようにと引き留めることがしばしばでした。

デイサービス

敬子は週に二、三回、平日に来てくれました。幸い仕事をしておらず専業主婦でした。午前中に車で埼玉から来て一緒に昼食を食べ、夕飯の支度をしてから六時頃に帰るのがいつもの決まりでした。ある日、

「おしゃべりなお父さんが会話のない今の生活を続けていたら寂しいだろうしボケてしまうと思うよ。それに何よりも九十歳の老人が日中一人でこの家にずっといるというのは、靖の家族もご近所さんもいろんな意味で心配だと思うよ。週に一回でもいいからデイサービスに通うことを考えた方がいいと思う。私が来ない日をデイサービスに充てれば、週末は靖が帰って来るわけだから一人の時も少なくなって皆も安心だし、お父さんも気分転換ができて楽しくなると思うよ。慣れてきたら一回を二回に増やせばいいんだよ」

と言い出しました。デイサービスと言われてもそういったことにはこれまでまったく縁

がなかったものでよく理解できなかったのですが、敬子の説明から、老人が集まって暇つぶしをする施設なのだろうと想像しました。老人が輪になって体操をしたり折り紙を折っているシーンをテレビで見たことがありました。まっぴらごめんでした。そんなところに行くくらいなら、寂しくても一人で自分の家にいた方がいいと思いました。

敬子は来るたびにデイサービスに通うようにとあの手この手で説得してきました。喧嘩にもなりました。カッとなると私も言いたいことをストレートに言ってしまうという悪い癖があるので、通って来てくれる敬子に感謝はしていても酷いことを何度も言ってしまいました。敬子も怒って言い争いにもなりました。もちろん私は敬子が私のことを考えてデイサービスを勧めていることは百も承知していました。敬子は私が以前通っていた将棋倶楽部へも再入会の手続きをして一緒に通ってくれていました。分かってはいるのですが、なかなか首を縦に振れない私なのでした。

敬子の家庭では仁君は仕事で帰宅が遅く、一人娘の愛ちゃんも大学受験を控えた高校三年生で塾通いのため帰宅時間が遅いと聞いていました。私はそのおかげで敬子に通って来てもらうことができているのでした。また、飼っている犬を近くに住む嫁ぎ先のお義母さんに預けて毎回来ていることも聞いていました。八十歳のお義母さんが犬の散歩もしていると知って恐縮しました。

デイサービスになど通いたくないと我を張ってきた私ですが、この先どれくらい続くか見通せないこの状況が長く続いたら、敬子の家庭の負担が大きくなることは私にも予想がつきました。靖の家族のことを考えても、私が敬子の勧めに従ってデイサービスに通うのが一番いいのだろうと次第に気持ちもゆるみ、とりあえず見学に行くことにしました。

敬子に連れられて見学に行ったデイサービスは、清潔感もあって広々としていて印象は良かったのですが、八人ほどの女性の中に二人ばかりの男性が交じって輪になりボール投げをしていました。あの輪の中に自分が入るとは到底考えられませんでした。敬子と施設長に促されて、入所している男性と将棋もしましたがまるで相手にならず、何ともいたたまれずすぐに帰って来てしまいました。敬子は、

「デイサービスはたくさんあるから、また他のところを探して見学すればいいよ」

とガッカリしている様子もありませんでしたが、義妹のトメ子さんに相談したようでした。トメ子さんは伸吉のつれあいでヘルパーの仕事をしていました。早速トメ子さんから自身の所属事務所系列のデイサービスを紹介してもらい、数日後には敬子に連れられて見学に行くことになりました。

訪れたデイサービスは前回の施設よりも大分狭く、ボール投げをするようなスペースはありませんでした。その分利用者の人数が十人までの少人数制とのことで、こぢんまりし

ていました。ちょうどお茶の時間で、出された丸いドーナツがとても美味しく、おやつも食事もすべて常勤の栄養士が献立を立てて作る手作りと聞いて敬子は感心していました。

施設長はまだ三十代後半と思われる中井さんという綺麗な女性で、他のスタッフも若く明るい雰囲気でした。様子を見にやって来たトメ子さんが、

「兄さん、ここに通ったらいいよ」

と言うとその一言で場がパッと賑やかになり、もうここで世話になるのは決まったようなものでした。

後日、自宅で契約を済ませ、四月から週に一回のペースでデイサービスに通うことになりました。

チーチーパッパ

デイサービスは朝九時半に迎えに来てくれて、夕方五時半頃に送ってくれるシステムになっていました。おやつも昼食も程よい量で大変美味しいので助かりました。私の好みに合わせてコーヒーもたびたびいれてくれ居心地は悪くありませんでした。想像していた通り体操やら折り紙、トランプ、合唱などやりたくないことも多かったのですが、将棋ので

きる男性がいて何局か対戦できたので好都合でした。

天気の良い日は公園に出かけたり外食をする日もあって次第に慣れていきました。メンバーは十人のうち男性が二、三人で、スタッフは五、六人はいて気回りよく面倒を見てくれました。私は「利造さん」と呼ばれていました。

元来がおしゃべりな私なのでいろいろな話もするようになり、なかなかの人気者になっていたようです。将棋を教えてほしいという女性も現れて、それなりに楽しめるようになって休むことなく通っていました。

誕生日には私の日頃の嗜好をよく把握していてチョコレートケーキを作って皆で祝ってくれました。その時の写真を中井さんからもらった敬子は、私のあまりの笑顔に驚いていました。

しかしながら、やっていることは幼稚園児のようなものでした。ここに来ているおかげでという気持ちはあっても、何となく溜息が出るような思いは否めませんでした。

そんな気持ちから、私はよくデイサービスのことを「雀の学校」の歌詞をもじって「チーチーパッパ」と呼んでいました。デイサービスでもはばからず口にしていましたが、それが結構皆の笑いを誘ってもいました。

数か月通ってから週二回に回数を増やし、日曜日のイベントにも参加して皆勤賞で現在も通っています。

最後に

時折、私はいつまで生きるのだろう、と考えます。まだらボケの状態はこの先どうなるのかと不安にも思います。よく眠れるのですが、夢には家族も知り合いも誰一人として出てきません。敬子にそんなことをこぼす時もあります。決まって敬子から返ってくる言葉は、

「まだ誰もお迎えに来ていない証拠でしょ。お父さんは九十一歳だから、今あの世へ行ったら九十三歳で亡くなったおばあちゃんに『お前は私を超えられなかったね』って言われるわよ。もっと長生きして『私を超えたんだね』って褒めてもらえるように頑張りな」

という言葉でした。そう言われると母のことを思い出して「そうだな」という気にもなりますが、親、きょうだい、つれあい、友人、皆が亡くなり、たった一人私だけが取り残されて子供たちの世話になって生きている、という感覚に襲われると寂しさがぐっと押し寄せてきて、昔のことばかり思い出しています。

今となっては、

「お父さんが亡くなる時は、三途の川の両岸に先に逝った人たちが勢揃いして、パチパチ

と拍手して笑顔で迎えてくれるから何も心配しなくて大丈夫よ」
という敬子の言葉を信じて、もう少し頑張ろうと思っています。

あとがき

日下敬子

私にとっての父の印象を一言で表現すると「面白い人」ということになるでしょうか。なかなかに難しい人でもありましたが、私とは相性が良く、弟曰《いわ》く「周りの者が辟易するくらい目を三角にして怒っていても、お姉ちゃんの顔を見るとコロッと機嫌が良くなって、顔つきも態度も穏やかになってしまう」、そんな父娘でした。

私が幼い頃はまだ、一般家庭に読み聞かせの習慣はなかったと思いますが、我が家では時折、父が即興で「ポンさん」という男の子を主人公とした空想話を、面白おかしくしてくれました。その内容は忘れてしまいましたが、ポンさんの行動がとにかく面白くて、ポンさんになりきって話す父の口調がこれまたおかしく、ゲラゲラと笑い転げて聞いていたことを今でも覚えています。

夕飯時に放送していたクイズ番組を見ては家族で競って当てっこをしたり、じゃんけんやしりとりで負けたらコーヒーをいれるとか煙草を買いに行くとか、子供っぽいところもある父でした。

お正月の百人一首では、父が詠み手になるといいタイミングで茶々を入れたり、フェイ

ントをかけたりと、ふざけて詠むのが他の人には真似のできない芸当でした。子供たちがきちんと下の句の札を並べ準備を整えて、

「詠み手をお願いします」

といかにも礼を尽くす感じで頭を下げないと、

「詠んでやらないぞ」

とわざと渋って見せたりして、子供相手に父自身が楽しんでいきました。

私が親戚の叔母からピアノを習うようになってオルガンを購入すると、現代でいうところの「耳コピ」で何曲もの童謡を弾き、それをさも得意そうに家族に披露して自慢していました。

そんな父でしたが、日常生活では厳しい面もあり、私は中学生の頃から、母が淹れたお茶を来客に出し、きちんと挨拶をするように躾《しつ》けられていました。

冬の食事は掘り炬燵でしたが、食事が終わるまでは炬燵に足を入れてはならず正座でした。

これは厳しいというよりも面白いことかもしれませんが、休日も朝寝坊は許されず、まごまごしていると耳元で軍歌の「軍艦マーチ」を大音量で流して起こされました。閉口しつつ起きていましたが、あれは家族揃って朝食を摂るという意図だったのかもしれません。

数々の風景を思い起こしていると、父の若かりし日の姿が蘇ります。

母が最後にお世話になったホスピスの女医さんからこんな話をお聞きしました。

「戦争を体験された方というのは飢餓状態を身体が記憶しているので、芯が強く頑健なのです。これは医学書で学んだことではなく、私が医師となって多くの患者さんを診察した経験から学んだことです」

父はまさに女医さんの話を裏付けるようにとても頑健でした。病気をしませんでしたし、五十歳の頃でも腕立て伏せを休まず百回できていました。

医者にかかったことがほとんどなかったので、育った環境もあるかと思いますが、自分で何とかしようとする人でした。五十代の時にオートバイで事故に遭い足を骨折すると、ギブスが外れるなり一キロの上白糖をいくつも用意して、足に巻き付けて自らリハビリをしていました。

歯医者で総入れ歯を作った際には「合わない」と言ってやすりでガリガリ削っていました。結局壊してしまったのですが……。

私が視力低下の通知を学校から渡されると、ヤツメウナギが効くからと大量にその缶詰を買い込んできて、眼鏡を購入する前に毎日食べるようにと強要されました。

母が胃癌に罹った時のヤマゴボウも、そうした父の一面です。

当時はそんな父に呆れ反発してもいましたが、父がいなくなった今となっては、いいことも悪いこともすべてひっくるめて面白い人であり、面白い父だったとしみじみ思います。

父は母に先立たれてから一年四か月間、一人で生活しました。デイサービスのことを「チーチーパッパ」などと言って馬鹿にしていましたが、スタッフの皆さんに居場所を作っていただいたことは孤独感を慰める時間となって、内心ではホッとしていたことと思います。

このまま何とか生活していけるだろうと安堵していた矢先、六月の暑い日に誤嚥性肺炎を発症し、その入院がきっかけとなって四か月半の闘病生活の末、十月にあっけなくこの世を去ってしまいました。

闘病生活の四か月半は父にとって非常に苦しいものでした。高齢者特有の入院の環境変化によるせん妄が酷く、おかしなことを言ったり点滴を外してしまったり……。

個室に入院していましたが、ベッドにベルトで身体拘束され、両手にはミトンをはめられました。私にとってその姿はあまりにもショッキングで、父の九十年の終焉をこんな形にしたくないという一心でしたが、現実は厳しく、父は自宅へ戻ることなく、特別養護老人ホームで息を引き取りました。

訃報を聞いたデイサービスの中井さんから「仕事が終わってから弔問に伺いたい」という連絡がありました。約束の時間を二時間ほど遅れて、六人の女性スタッフが訪ねて来てくれました。

中井さんから「ぜひ棺に……」と渡されたのは、色とりどりのお花紙で作った三十センチほどもある立派な手作りの花束と、スタッフの皆さんがメッセージをしたためてくれた心温まる色紙でした。「仕事が終わってから作ってくれたんだ」とその心遣いが言葉を失うほどにありがたく、父の人生の最後の最後に華を添えていただいたことに涙が滲みました。

父を取り囲み、皆さんそれぞれが涙ながらに語りかけて下さる中で、

「利造さん、奥さんに会えた?」

という優しいお声に促されて話を聞いてみると、父はデイサービスで、

「クラ子がいなくなって寂しい、生きているうちにもっと大事にしてやれば良かった」

とたびたび話していたそうなのです。

私はもともと父が落ち込んだり愚痴を言っているのを見たり聞いたりしたことがなく、母が亡くなってからも私にそのようなことをあまり言いませんでした。それだけに、私が想像していたよりももっと深く、九十歳の父にとって一人の生活は辛いものだったのだ、とその寂しさが胸に沁みました。

父を迎えに来たのは、きっと母だったろうと思います。

父が亡くなってから、一周忌までに自分史を完成させるつもりでパソコンに向かう毎日でしたが、それは同時に父を思い出す時間でもありました。

闘病中の父の姿はそう簡単に薄れるものではなく、「ああしてあげれば良かった、なぜこうしなかったのだろう」と罪悪感に苛《さいな》まれ後悔の気持ちばかりが出たり入ったりして、うつむいた日々を過ごしていました。

そんなある日、六月の青天が眩しい日に、文中にも登場している親戚の美津江さんと二人でお墓参りに出かけました。

掃除をして花を挿し、父の好きだったスイカを供え、お線香を手向けて、

「さぁ、お参りしましょう」

とお墓に向かい合ったその時、どこからともなくアゲハ蝶が飛んで来て、墓石のてっぺんに止まりました。最近ではモンシロ蝶さえもあまり見かけませんが、そのアゲハ蝶はクリーム色の地に黒の縞模様が入った大変大きな蝶で、私は瞬時に「父が来た」と感じました。美津江さんも「利ちゃんが来たねぇ」と感じていました。

アゲハ蝶はほんの数秒静止してから墓石の上を二回小さく旋回してひらひらと青い空に消えて行きました。

アゲハ蝶のそのゆったりと静かに飛ぶ様は、何やらスーッと私をほのぼのとした爽やかな気持ちにしてくれ、ゆっくりゆっくりと動かす羽は、私に何かを語りかけているようで

目に焼き付きました。

父が旅立ってから早二年。あの時のアゲハ蝶は、苦痛と寂しさから解放された父が、「敬子の言っていた通り、みんなに拍手で迎えてもらったよ」と伝えに来てくれた気がして、今でも青い空を見上げると、あのアゲハ蝶のひらひら飛んでいる姿が心に映り、ほっこりと穏やかな気持ちになれる私です。

父の人生には温かなご縁で繋がっていた方がとても多かったことを、この自分史を書きあげて改めて実感いたしました。今回の出版に際しましても、親戚はじめ、すでに亡くなられたご友人のご親族様、文中に登場するご本人様、多くの皆様に快くご理解とご協力をいただきました。一部ご連絡のつかない方や仮名にさせていただいた方もありましたが、この場をお借りしてお礼を申し上げます。

父の人生において決して忘れることのできない石庫《いしくら》での日々と出会った人たち。父が諸さんと呼んでいた諸星様のご長男、諸星亭様と、石庫の旦那さんのご三女、宮田秀子様には内容のチェックやアドバイスなど、たいへんお世話になりました。私にとりましては、父の引き合わせとしか思えないような素敵な出会いとなりました。心より深く感謝申し上げます。

空の上で、父と母も私と同じ気持ちで皆様を想い、微笑んでいることと思います。
皆様のお幸せとご健康をお祈りいたします。

令和二年十月

謝辞

父の人生をこのような形で残す機会を下さった文芸社様、編集部の吉澤茂様、出版企画部の横山勇気様にはたいへんお世話になりました。

ここに深謝いたします。

参考・引用文献

ウィキペディア
八王子市公式ホームページ
八王子織物工業組合百年史
織物の八王子―戦後から現代までをたどる―（八王子郷土資料館編集）

趣味の着物
山茶花織
高橋織物謹製

著者プロフィール
髙橋 利造（たかはし としぞう）
大正15年～平成30年。東京都八王子市生まれ。
太平洋戦争末期、19歳で出征。
浜名海兵団で訓練を受けたのち、任地に赴くその日に終戦となり復員。
八王子の基幹産業だった織物業に従事。

日下 敬子（くさか けいこ）
昭和36年生まれ。埼玉県在住。
家族：夫と一人娘、愛犬はトイプードル。
趣味：旅行、トールペイント、愛犬との散歩。

人生の織 齢九十の想い出の記

2020年10月30日　初版第１刷発行

著　者　髙橋 利造　日下 敬子
発行者　瓜谷 綱延
発行所　株式会社文芸社
〒160-0022　東京都新宿区新宿１－10－１
電話　03-5369-3000（代表）
03-5369-2299（販売）

印刷所　株式会社フクイン

ISBN978-4-286-21889-2